소파 방정환 동화집

사랑의 선물과 창작동화 18선

KB191957

소파 방정환 동화집

초판 1쇄 인쇄 2014년 04월 21일
초판 1쇄 발행 2014년 04월 25일

엮은이 | 편 집 부
펴낸이 | 손 형 국
펴낸곳 | 에세이퍼블리싱
출판등록 | 2004. 12. 1(제2011-77호)
주소 | 서울시 금천구 가산동 371-28 우림라이온스밸리 B동 113~114호
홈페이지 | www.book.co.kr
전화번호 | (02)2026-5777
팩스 | (02)2026-5747

ISBN   979-11-85742-03-8   04810
        978-89-6023-773-5   04810(set)

이 도서의 국립중앙도서관 출판시도서목록(CIP)은 서지정보유통지원시스템 홈페이지(http://seoji.nl.go.kr)와
국가자료공동목록시스템(http://www.nl.go.kr/kolisnet)에서 이용하실 수 있습니다.
(CIP제어번호 : 2014012831)

소파 방정환 동화집

'사랑의 선물'과 창작동화 18선

편집부 엮음

들어가는 글

　그리스의 이솝, 독일의 그림형제, 덴마크의 안데르센은 동화작가라는 공통점이 있습니다. 어린 시절 이분들이 썼던 동화를 한 작품이라도 읽어보지 않은 사람들은 아마 없을 것입니다.

　우리에게도 오래 전에 동화를 썼던 방정환 선생님이 계십니다.

　아쉽게도 앞서 세 분과 달리 그분의 동화를 접해 본 독자가 거의 없습니다.

　소파 방정환 선생님은 1960년대 들어와서부터 주목받기 시작했습니다. '어린이'라는 말을 처음 만들었고《어린이》잡지를 창간했습니다. 33세라는 젊은 나이에 세상을 떠났지만 어린이를 위해 많은 업적을 남겼고 번안동화, 전래동화를 다시 고쳐 쓴 작품과 창작동화들을 다수 남겼습니다.

　그가 남긴 작품 중 번안(원작의 줄거리나 사건은 그대로 두고, 풍속·인명·지명 등을 자기 나라에 맞게 바꾸어 고치는 것)물은 1922년 처음 출판된 형태대로 복원하려고 시도했다는 점에서 큰 의미가 있습니다. 또한 '착한 사람은 복을 받고 악한 사람은 벌을 받는다'(권선징악)는 주제는 세월이 흘러도 여전히 중요한 가치를 지니고 있습니다.

그리고 창작동화는 《어린이》 잡지에 실렸던 글 중에서 풍자와 해학의 정신과 교훈성을 갖춘 창작동화를 우선 대상으로 골라 발표 연도순으로 원문의 글맛을 최대한 살리면서 어린이들이 쉽게 읽을 수 있도록 편집하였습니다.

이 책은 재미있는 이야기 속에서 교훈을 배우고 유머가 담긴 글을 읽으며 위로받을 수 있다면 이보다 더 좋을 수는 없다는 취지로 준비하게 된 것입니다.

2014년 4월

편집부

차례

들어가는 글 _ 04

1편_ 사랑의 선물

2편_ 창작동화 18선

일 · 러 · 두 · 기

- 〈일제강점기 한국현대문학 시리즈〉로 출간하는 한국 근현대 작품집은 공유저작물로 그 작품을 집필하신 저자의 숭고한 의지를 받들어 최대한 원전을 유지하였다.

- 오기가 확실하거나 현대의 맞춤법에 의거하여 원전의 내용 이해에 문제가 없을 정도의 선에서만 교정하였다.

- 이 책은 현대의 표기법에 맞춰서 읽기 편하게 띄어쓰기를 하였다.

- 이 책은 원문을 대부분 살려서 옛글의 맛과 작가의 개성을 느끼도록 글투의 영향이 없는 단어는 현대식 표기법을 따랐다.

- 한자가 많이 들어간 글의 경우는 의미 전달이 어려운 경우에 한해서 한글 뒤에 한자를 병기하여 그 뜻을 정확히 했다.

- 이 책은 낙장이나 원전이 글씨가 잘 안 보여서 엮은이가 찾아 볼 수 없는 경우에는 굳이 추정하여 쓰지 않고 원전의 내용을 그대로 살렸다.

1편_ 사랑의 선물

소파 방정환의

사랑의
선물

난파선

-이탈리아 동화

1

벌써 여러 해 전 일이었습니다. 쌀쌀한 바람 부는 섣달 어느 날 아침에, 영국 리버풀이라는 항구에서 큰 기선 한 척이 먼 길을 떠나 출범하였습니다. 그 기선에는 육십 명의 사공들과 손님 이백 명이 탔는데 선장과 모든 일꾼은 거의 모두 영국 사람이고, 손님 중에는 이탈리아 사람이 몇 사람 있었습니다. 배는 지금 몰타라는 섬을 향하고 먼 길을 떠나는데 그날 천기[1]가 괴상하여 하늘 모양이 무엇이 오실 듯하였습니다.

기선 한 편 끝 쪽에 있는 삼등객 중에 나이 열두 살 된 이탈리아 소년이 한 사람 있었습니다. 나이로 보아서는 몸과 키가 좀 작은 편이었으나, 그러나 퍽 똑똑하고 영리하고 어여쁘게 생긴 귀여운 소년이었습니다. 앞에 있는 큰 돛대 옆에 다만 홀로 밧줄을 감아 놓은 위에 걸터앉아서 모서리가 다 해진 헌 가방에 한 손을 걸치고 있었습니다.

머리털은 어깨에까지 내려오고 다 낡은 웃옷을 어깨에 걸치고……. 보기에도 구차[2]한 집 아이 같은 그 소년이 가만히 혼자 앉아서, 다른 손님들과 배 일꾼과 다른 조그만 배의 지나가는 것들을 물끄러미 보고 앉았는데 얼굴은 무슨 근심과 걱정이 많이 있는 것같이 보여서 요새 집안에 무슨 불행한 일을 당한 것 같았습니다.

참으로 이 소년은 가련한 신세였습니다. 소년에게는 부모가 모두 돌아가시고 아니 계셨습니다. 어머님은 벌써 예전에 돌아가시어 아니 계시고 다만 혼자 길러 주신 아버님은 리버풀에서 어느 공장 직공으로 다니셨는데 수일 전에 불행하게도 이 소년 하나를 두고 마저 돌아가셨습니다.

그래서 부모도 형제도 없는 이 가련한 소년을 그곳에 있는 이탈리아 영사가 주선을 하여서 소년의 고향인 파델모의 먼 친척 되는 아주머님께로 보내 주게 된 것이었습니다. 객지에서 부친을 마저 잃고 어이없는 고아가 되어 먼 고향의 친하지도 못한 아주머님께 가는 어린 소년의 가슴이 얼마나 애달프고 슬펐겠습니까?

험한 하늘, 사나운 물결을 박차면서 기선은 자꾸 달아납니다. 출범한 지 얼마 안 되어서 머리털 흰 이탈리아 사람 늙은 수부[3] 가 조그만 소녀 한 사람의 손목을 잡고 이 쪽 소년의 앞으로 오더니 소년을 보고,

"마리오야, 좋은 길동무가 생겨서 인제 심심치 않겠다."
하고는,

"너, 마리오하고 여기서 놀고 있거라."

소녀에게도 이르고는 바쁜 듯이 돌아갔습니다. 소녀는 나이가 소년과 어상반한[4] 어여쁜 계집애였습니다. 소년이 앉은 옆의 밧줄 위에 앉아서 둘이 서로 물끄러미 보다가,

"어디로 가니?"

하고, 소년이 먼저 물어 보았습니다.

"몰타로 가서 거기서 또 나폴리로 간단다."

이렇게 소녀는 대답하고 또 이어서,

"어머니, 아버지한테로 간단다. 지금 어머니, 아버지가 고대 고대하고 계셔요."

소년은 그 말을 듣더니 고개를 숙이고 아무 말도 아니 하였습니다.

한 분 계시던 아버님까지 마저 잃고 홀로 되어서 남에게로 길러지러 가는 소년 마리오가 그 소리를 듣고 얼마나 부럽고 서러웠겠습니까?

가련한 소년 마리오는 고개를 숙이고 아무 말도 없었습니다. 조금 지난 후에 그는 주머니에서 면보(빵)를 내어서 소녀에게 같이 먹자고 권하였습니다. 소녀도 주머니에서 과자를 내어 놓으며 같이 먹자 하였습니다. 소녀의 이름은 줄리엣이라 하였습니다.

둘이는 퍽 정답게 이야기하면서 과자와 면보를 먹고 있었습니다.

"야아! 탈났다. 저 물결 보아라!"

하면서, 아까 그 이탈리아 늙은 선원이 황급히 지나가면서 두 아이를 보고,

"주의하고 있거라, 배가 몹시 흔들릴 것이니……."

하고, 일러두고는 또 급히 뛰어갔습니다. 하늘은 점점 괴상하여
지고 바람은 점점 사납게 불며 배가 몹시 흔들리기 시작하였습
니다.

그러나 두 아이는 배 멀미가 나지 않고 아무 염려도 없이 태연
히 앉아서 이야기에 재미를 붙이고 있었습니다. 줄리엣은 연해
방글방글 웃고 있었습니다. 키는 마리오 소년보다 조금 크고 몸
은 가늘어 어떻게 보면 병든 아이 같기도 하였습니다. 머리는 그
다지 길지 않고 곱슬곱슬하고 머리 위에는 빨간 모자를 쓰고 있
었습니다.

둘이서는 과자를 먹어 가면서 서로 신세 이야기를 시작하였습
니다. 마리오는 어머니 아버지가 안 계신 일, 지금 친지도 아닌
먼 일갓집[5]으로 가는데 그나마 그곳에서 반갑게 대해 줄지는 모

르는 일을 일일이 자세하게 말했습니다. 소녀 줄리엣은 마리오의 애달픈 신세를 듣고 눈물이 눈에 고여서 퍽 언짢아했습니다. 그러나 줄리엣은 역시 그다지 즐겁고 행복스러운 신세는 아니었습니다.

이탈리아에 있는 줄리엣의 생가는 부모님은 계시지만 몹시 구차하였습니다. 그런데 줄리엣의 고모님 한 분이 영국의 서울 런던에 사시는데 과부로 아드님도 따님도 없고 하여서 친정집 줄리엣을 데려다 길렀습니다. 줄리엣의 부모님은 줄리엣을 보내 놓고, 그 고모님이 돌아가시면 그 집 재산을 모두 물려받아서 자기 딸이 큰 부자가 될 줄 믿고 계십니다.

그런데 그 고모님은 두어 달 전에 마차에 치어 돌아가시고, 남은 재산이라고는 한 푼도 없었습니다. 그래서 줄리엣도 객지에서 혼자 떨어진 몸이 되어 오도가도 못 하게 된 것을 역시 이곳에 와 있는 이탈리아 영사가 주선해 주어서 마리오와 같이 돈도 없이 이 기선에 타고 가게 된 것이었습니다.

"그래서……."

하고, 소녀는 이야기를 계속하였습니다.

"아버지하고 어머니는 집에서 지금 내가 부자가 되어 오는 줄 알고 계시단다. 그러나 나는 돈 한 푼 없이 그냥 가난뱅이 이대로 돌아간단다. 그래도 여전히 귀여워는 하서. 나를 낳아 주신 아버지이구 어머니이니까……. 우리 형제도 사형제인데 모두 내 동생이고 내가 제일 큰 형이란다. 아침이면 옷도 내가 모두 입혀주고 그래서 애들이 나를 보면 퍽 좋아한단다."

"에그, 저 바다 보아!"

하고는, 바다를 보고는 다시 풀이 없이 앉아 있는 마리오를 보고 퍽 딱해하는 마음으로 물었습니다.

"그래, 너는 그 친하지도 못하다는 일갓집으로 가서 살게 되니?"

"으응, 그나마 길러나 줄는지 모른단다."

"그 집에서 너를 귀여워하지 않니?"

"어떨는지……. 그의 집도 구차하고 어린애가 많다는데……."

"에그, 너를 미워하면 어떡하니……."

소녀는 또 눈이 젖었습니다.

그리고 둘이는 이런 얘기, 저런 얘기 어린이끼리 이야기에 재미를 붙이고 있었습니다. 다른 손님들이 이 두 아이를 한 남매로 알고 있었습니다.

이야기를 다 하고는 줄리엣은 실을 꺼내서 주머니를 짜고 있고, 마리오는 잠잠히 무슨 생각에 잠겨 있었습니다.

2

바다는 점점 갈수록 사나워졌습니다. 밤이 되니까, 물결이 더 험하게 일어나고, 바람이 더 몹시 사납게 되었습니다. 손님들은 무서워서 꼼짝 않고 선실 속에 푹 들어앉았습니다. 둘이서는 각각 가서 자려고 헤어질 때에 줄리엣이 먼저 마리오에게 인사하였습니다.

"마리오야, 잘 자거라."

그때에 수부가 또 지나가면서,

"이렇게 험해서는 아무도 밤에 잠을 못 잔다."

고, 소리치고는 바삐 뛰어갔습니다. 마리오는 줄리엣에게,

"잘 자거라!"

하고, 인사를 하려 할 즈음 뜻밖에 사나운 물결이 넘어와서 마리오를 쓰러뜨렸습니다. 마리오는 푹 고꾸라졌습니다.

"에그머니, 피가 난다!"

하고, 줄리엣은 소리치며 달려들어 마리오를 일으켰습니다. 다른 손님들은 무서워서 꼼짝 않고 엎드려 있어서 이 두 어린이의 일은 전혀 모르고 있었습니다. 줄리엣은 정신없이 엎드려진 마리오

를 일으키고 그 옆에 꿇어앉아 서 이마의 피를 씻어 주고 자기 머리에 쓰고 있던 모자를 찢어서 마리오의 피나는 이마를 정성껏 둘러 감아 주고, 그 끝과 끝을 매느라고 마리오의 이마를 자기 가슴에 바싹 대었습니다. 그러다가 그때 피 한 방울이 소녀의 노란 저고리 앞에 묻었습니다. 마리오는 부르르 떨며 일어났습니다.

"과히 아프지 않으냐?"

하고, 소녀는 물었습니다.

"아아니 괜찮다. 이렇게 고맙게 해 주어서 감사하다."

고 대답했습니다.

"어서 자거라. 퍽 아프겠다."

"응, 괜찮다. 조금도 아프지 않아. 잘 자거라."

둘이는 인사를 마치고 제각각 돌아가 누웠습니다. 밤은 깊어갔습니다. 정말 아까 선원의 말이 맞아서 두 아이의 잠이 아직 들기 전에 무서운 소동이 생겼습니다. 사나운 바람과 거친 물결이 성난 악마와 같이 일시에 몰려왔습니다. 미쳐 날뛰는 사나운 말의 한 떼가 몰려오듯 달려들었습니다.

벌써 굴뚝 하나를 부러트려 가고 뱃전에 매달았던 작은 배 두 척을 쓸어 가고, 배 끝에 매어 두었던 소 네 마리까지 어느 틈에 물결에 떠내려갔습니다. 하늘은 캄캄하고, 바람은 소리를 지르며 몰려오고, 노한 물결은 이 큰 기선을 한 입에 삼킬 듯이 산더미같이 솟아오르고…….

배 속은 그 많은 사람이 제각기 살겠다고 날뛰느라고 벌컥 뒤집혔습니다. 부르짖는 소리, 우는 소리, 살려 달라고 기도 올리는 소리……, 이 모든 소란한 소리가 한데 일어나서 몸이 으쓱하고 떨리고 하여 그냥 수라장[6]이 되었습니다.

그러나 바람은 그치지 않고 밤새도록 야단을 치고 밤이 새고 날이 밝으니까 점점 더 사나워졌습니다. 산 같은 물결이 불끈 솟아 갑판 위에 올라와서 모든 것을 깨뜨리고 문지르고 하여 휩쓸어 가지고는 바다 속에 넣고 넣고 하였습니다.

기어코 기관을 덮고 있던 지붕이 쪼개 부서지고, 그 위로 바닷물이 소리를 지르며 쏟아져 들어갔습니다. 불은 꺼졌습니다. 불 때던 화부는 도망했습니다. 배가 기울기 시작하고 미쳐 날뛰는 물결은 배 위에서 함부로 돌아다니며 깨뜨릴 것 꺼꾸러뜨릴 것을 찾아 헤매고, 우레와 같은 무서운 큰 소리가 여기저기서 일어났습니다.

"작은 배를 내려라!"

선장은 소리를 질러 명령했습니다. 수부들은 몰려와서 이렇게 급한 때 쓰려고 매달아 두었던 조그만 배를 끌어내렸습니다. 그러나 그것도 벌써 바람과 물결이 다 가져가고 단 한척밖에 남지 않았습니다. 그 하나 남은 배는 누가 타기도 전에 무서운 물결이 뱃전에 꼬리를 깨쳐서 물속에 처넣고 말았습니다. 손님들은 귀신같이 날뛰며 울고 부르짖고 하였습니다. 벌써 그 눈에는 부모도 없고 형제도 없고 제각기 살려고 날뛰며 부르짖고 하며 마치 지옥과 같이 소란해졌습니다.

"선장! 선장!"

선장만 보면 살려 달라고 부르짖었습니다. 선장은 아주 어떻게 하려도 할 수 없다는 비참한 소리로 냉정하게 말했습니다.

"할 수 없습니다. 단념하십시오."

그 소리를 듣더니 한 여인네가,

"에고머니!"

소리를 지르며 쓰러졌습니다.

인제는 아주 절망되어 아무 소리도 못하고 모두 늘어졌습니다. 공동묘지같이 무섭게 조용하게 되었습니다. 시간이 갈수록 바다는 점점 더 험해가고 기선은 흔들리면서 자꾸 기울어져 갑니다. 선장은 구조선을 내어 보았습니다. 선원 다섯 사람이 탔습니다. 그러나 그것도 물에 잠겨 버렸습니다. 타고 있던 선원 중에 이탈리아 늙은 수부와 또 한 사람하고 둘은 죽고 나머지 세 사람은 간신히 기어 올라왔습니다. 그래서 인제는 수부들까지도 기운이 아주 떨어져 버렸습니다.

배는 점점 가라앉아서 선실 유리창 턱까지 잠겼습니다. 아주 물에 잠겨 버릴 이 기선 위에는 무서운 광경이 나타났습니다. 여인네들은 어린애를 푹 껴안고 울고, 아는 사람은 아는 사람끼리 서로 껴안고 마지막 인사를 하였습니다. 성미 급한 이는 모두 스스로 물에 빠져 죽고, 어떤 이는 자기 육혈포(권총)로 자기 머리를 쏘아 죽는 이도 있었습니다.

어린애 우는 소리, 여인네 우는 소리, 사내들 부르짖는 소리, 기관 깨어져 터지는 소리, 하늘이 무너지는 것 같았습니다. 이 중에 불쌍한 마리오와 줄리엣은 정신없이 돛대를 잔뜩 껴안고 소리도 못 지르고 꼬부리고 있었습니다.

바다는 조금 숨이 죽었습니다. 그러나 배는 거의 가라앉았습니다. 인제 몇 분이 안 되어 아주 잠겨 버리게 되었습니다.

"하는 수 없다. 마지막 배를 내려라!"

선장이 소리를 질렀습니다.

이 기선과 운명을 같이 할 마지막 아주 최후의 배를 내렸습니다. 벌써 어느 틈에 열일곱 사람이 올라서 가득 탔습니다. 나머지 사람은 인제 그대로 죽는 수밖에 없었습니다. 선장은 팔짱을 끼고 우뚝 서서 죽음이 오기를 기다리고 있었습니다.

"선장! 어서 타십시오!"

밑에서 부르짖었습니다. 그러나

"아아니! 나는 여기서 죽는다!"

선장은 가만히 섰습니다.

"타십시오. 어서 타십시오!"

"나는 이 배와 함께 죽는다!"

고개를 좌우로 흔들고 엄연히 섰습니다. 배는 거의 다 잠기게 되었습니다. 모든 사람이 살아나려고 배 가장자리에 와서 떠들고 섰습니다.

작은 배가 열일곱 사람을 싣고 떠나려 할 즈음에,

"한 사람 더 탈 수 있다. 한 사람, 한사람."

하고 소리쳤습니다. 그리고

"여자라야 된다. 여자 하나 내려오시오. 어서 어서."

하는 소리를 듣고, 여인네 몇 사람이 와락 달려들었으나 내려 뛸 용기가 없어서 그냥 주저 물러앉았습니다. 아주 기절을 한 것이었습니다.

"그럼, 어린애 하나 내려 보내우. 어린애, 어린애."

소리를 치니까 그 소리를 듣고 이때까지 돛대를 쥐고 꼬부리고 있어서 꼼짝 못하던 줄리엣과 마리오가 이 죽음 속에서 살아 나가고 싶은 욕심에 와락 와락 뛰어가며,

"나를 살려 주시오!"

"나를 살려 주시오!"

하고 달려들었습니다. 배는 벌써 몹시 가라앉아서 이제는 모두 그냥 물에 잠겨 죽게 되었습니다.

아이가 둘이나 달려드는 것을 보고,

"배가 꽉 찼으나, 작은 애를 내려 보내요. 작은 애, 작은 애, 어서 어서!"

하고, 소리를 질렀습니다.

둘이 제각기 살겠다고 하다가 그 소리를 듣고 줄리엣은 그만 낙심되어 두 팔이 축 늘어지고 얼굴이 파래졌습니다. 그리고 멀건이 서서, 마리오를 보았습니다. 인제는 키 작은 소년 마리오가 살게 되었습니다.

그러나 이때! 마리오의 눈에는 멀건이 낙망하고 서 있는 줄리엣의 노란 저고리 앞에 묻어 있는 붉은 피가 언뜻 보였습니다. 아아 붉은 피! 가련한 소년의 어린 가슴에 하늘같은 귀여운 생각이 번개같이 번쩍였습니다.

"줄리엣아! 네가 타거라."

떨리는, 그러나 무섭게 힘 있는 소리로 부르짖었습니다.

"작은 애, 작은 애, 어서 어서 이 배까지 뒤집히게 된다. 어서 어서!"

아래에서는 자꾸 소리쳐 재촉을 합니다. 마리오는 다시 힘 있는 소리로,

"이 애가 나보다 가볍습니다!"

하고, 줄리엣더러 타라 하였습니다.

줄리엣은,

"아아니, 네가 타라! 네가 나보다 어리다."

하고는, 굳이 듣지 않았습니다.

아래서는 자꾸 소리를 치며 그냥 떠나겠다고 합니다. 다시 마리오는 떨리는 목소리로,

"줄리엣아, 네가 타고 가거라. 나는 아버지도 어머니도 아니 계시고 어린 동생도 없고, 나를 기다려 줄 사람도 없고 가서 만나야 할 사람도 없다. 너는 기다리시는 부모가 계시고 어린 동생이 있지. 네가 죽으면 너의 부모와 너의 동생들이 오죽 슬퍼하겠니. 네가 살아야 한다. 어서 타거라."

하고는 고개를 푹 숙였습니다. 그리고는 굵은 눈물이 발등에 평평 쏟아졌습니다.

"마리오야!"

하고, 줄리엣은 훌쩍훌쩍 느껴 울었습니다.

어서 어서 소리가 빗발치듯 났습니다. 마리오는 다시,

"어서 가거라, 가서 어머님 아버님을 만나 뵈어라. 나는 죽어도 슬퍼할 사람도 없다. 내가 죽을 테니 네가 살아 가거라."

하였습니다. 그러나 줄리엣은 눈물이 비 오듯이 울면서 마리오를 놓지 않았습니다. 배에서는 또 어서 어서 소리를 치다가 그냥 떠나려 하였습니다. 마리오는 언뜻 기운을 내어 울고 서 있는 줄리엣을 들어 아래로 내려뜨렸습니다.

아래 배에 있던 사람들이 받아서 배에다 놓고 작은 배는 비로소 살아 나갔습니다. 큰 배는 아주 잠기고 마는데 마리오 소년은 머리를 높이 들고 머리털을 사나운 바람에 날리며 꼼짝 않고 우뚝 섰습니다. 배는 아주 가라앉았습니다. 그 통에 물결의 파동이 일어나서 조그만 배도 뒤집힐 뻔하였으나 다행히 무사하게 갔습니다.

한참 후에야 정신을 차린 줄리엣이 고개를 돌려 보니까, 큰 배는 아주 잠겨 버리고 높다랗게 뻗힌 돛대 위에 마리오가 혼자 서서 줄리엣의 가는 것을 보고 섰었습니다. 줄리엣은 그것을 보고 그냥 소리쳐 울었습니다.

"잘 가거라, 줄리엣아!"

마지막 인사가 물속에 잠길 마리오의 입에서 크게 나왔습니다.

"오오, 마리오⋯⋯."

소리를 치며 두 손을 그리 대고 내밀었으나, 배는 점점 멀어 가고 마리오의 돛대는 점점 기울어졌습니다.

줄리엣은 차마 보지 못해서 눈을 가리고 소리쳐 울었습니다. 소리쳐 울던 줄리엣이 다시 한 번 돌아다볼 때에는 그곳에는 아무것도 보이지 않았습니다.

---

1) 천기: 하늘에 나타나는 조짐.
2) 구차: 가난함.
3) 수부: 배에서 허드렛일을 맡아 하는 하급 선원.
4) 어상반한: 서로 비슷한.
5) 일갓집: 성과 본이 같은 친척집.
6) 수라장: 싸움이나 기타 이유로 혼란에 빠진 곳.

1편_ 사랑의 선물

산드룡의 유리 구두

-프랑스 동화

　예쁘고 착한 어린 색시 산드룡의 어머님이 돌아가신 후로는, 살림이 더할 수 없이 쓸쓸하여졌습니다. 그나마 아버님이 매일 아침에 보시는 일로 나가시면, 산드룡 색시가 혼자 집을 보면서, 어머님이 그리워서 날마다 날마다 울며 지냈습니다.

　다행한 일인지 불행한 일인지, 그 후 얼마 오래지 않아서 새 어머니가 오셨는데, 성질이 사나운데다가 다른 데서 낳은 딸 두 사람까지 데리고 오셨습니다. 그런데 그 딸 두 색시까지 성질이 곱지를 못하여서 장난만, 심술만 부리고 하여서 동네 사람들까지 미워하게 되었습니다.

　그러는 한편에, 산드룡 색시의 마음 착하고 얌전스럽다는 소문만 점점 높아가서, 새어머니는 몹시 성이 나서서, 산드룡 색시를 못 견디게 구박을 하기 시작하고 음식도 옷도 좋은 것은 주지 아니하고, 하인 꼴을 만들어서 아침부터 밤까지 심부름만 시켰습니다.

조석 상보기, 설거지하기, 물 길어오기까지 하인 대신 시키고, 아침저녁으로 방 치우고 마당 쓸고, 두 색시의 방까지 소제를 시켰습니다. 그러면서, 데리고 온 두 색시는 철마다 좋은 비단옷을 새로 해 입히고, 잔칫집 같은 곳에나 자랑삼아 데리고 다니곤 하였습니다.

연한 몸이 고달프기도 몹시 고달프고, 손과 발이 얼어 터지고 하여, 몹시 고생이 되는데 이름까지 예전 이름은 안 부르고, '산드롱, 산드롱'하고 부르는 것은 견디지 못하게 서러운 이름이었습니다.

원 이름은 예쁘고 귀여운 이름이었는데, 산드롱이라는 것은 때묻은 헌 옷을 입고, 매일 부엌에만 있어서 몸이 숯검정투성이었으므로, 따로 놀리느라고 지어 놓은 별명이었습니다.

그래서 이름이 아주 산드롱이 되어 버리고, 계모의 딸 두 색시는 꽃같이 예쁘고, 볕 잘 들고 수정궁같이 깨끗한 방에서 나라의 공주와 같이 지내는데 산드롱은 매일 그 심부름이나 하여 주고 밤이면 침대도 없이 컴컴한 부엌 마루에 쓰러져 자곤 하였습니다.

산드롱 색시는 밤마다 컴컴한 부엌 속에서 다만 한갓 슬픈 신세를 생각하고 얼마나 우는지 알지 못합니다. 그러나 그것도 새벽부터 일하여서 고단하고 졸림이 닥쳐와서 울다가는 그냥 쓰러져 자곤 쓰러져 자곤 하면서 몇 해를 지냈습니다.

그 후, 어느 여름에 그 나라 왕자님이 큰 무도회를 여시고 모든 사람을 초대하시는데, 그 중에는 산드룡의 아버지가 이름난 이어서, 이 집에도 초대가 왔습니다. 새 어머님과 두 색시는 기뻐서 어찌할 줄을 몰랐습니다. 자아, 왕자님의 무도회에 가서 무도를 한다고, 두 색시는 입고 갈 옷과 보석 패물을 장만하느라고, 매일 매일 수선하게[1] 물건을 사들였습니다. 무도회에 가고 싶은 마음은 두 색시보다도 더욱 간절하지마는 어찌할 수 없는 신세의 설움을 가슴에 품은 산드룡은 입도 벌리지 못하고 참고만 있었습니다.

"이애 산드룡아, 장 속에 내 비단구두 꺼내다 먼지 좀 털어 놓아라."

"이애, 내 것도 좀 털어 놔라."

하는 소리에, 산드룡은 싫다는 수 없어 그 구두를 내어다 먼지를 털 때에 눈에는 눈물이 핑 돌았습니다.

그러나 그것보다도 더 가슴이 아프기는 두 색시의 입고 갈 비단옷을 산드룡이 손으로 짓는 것이었습니다. 춤도 두 색시보다 훨씬 낫게 추는 산드룡이 자기는 무명옷 한 벌도 입지 못하고 앉아서 그 옷을 지어 줄 때, 눈에서는 자꾸 왕자님의 성대한 무도회의 광경이 보였습니다.

나도 갈 수가 있었으면…… 하는 생각을 할 때에, 멈추려도 멈출 수 없이 눈물이 자꾸 흘렀습니다. 입고 갈 옷까지, 신고 갈 구두까지 일일이 심부름을 해 주고 또 두 색시의 머리까지 빗겨 줄 때에 두 색시는 비웃는 말로,

"산드룡은 그 좋은 무도회에 가고 싶지 않으냐?"
물었습니다.

산드룡은 얼굴이 빨개지면서, 입을 꼭 깨물고 아무 대답도 아니하였습니다.

"그렇겠지. 가고 싶은들 갈 수가 있나, 옷이 있나, 구두가 있나, 보석 패물이 있나, 남에게 흉이나 잡혀 우리까지 부끄럽게 하게……"
하면서들 웃었습니다. 산드룡은 견딜 수 없이 너무나 슬퍼서, 부엌에 가 혼자 울었습니다.

무도회 날이 가까워 오니까, 두 색시는 조석도 안 먹고 기뻐하

였습니다. 남보다 조금 굵은 몸을 호리호리하게 보이게 하려고, 테스를 한 상자나 사다가 몸을 친친 감았습니다. 그리고는 온종일 체경[2] 앞에만 서서 모양을 내고 있었습니다.

기다리고 기다리던 무도회 날이 왔습니다. 눈부시게 찬란하게 차리고, 두 색시는 어머님과 함께 나섰습니다. 산드룡은 헌 옷을 입은 채로 문간까지 나가서 가는 것을 부럽게 보고 섰더니, 한참이나 가서 길이 꺾이어 보이지 아니하게 된 후에, 그만 며칠째 참아오던 설움이 복받쳐 터져서 소리쳐 울었습니다.

그때, 어디서 왔는지 누구인지도 모르게 하얗게 옷을 입은 예전 어머니 같은 선녀 같은 이가 나타나서 산드룡이 우는 것을 보고,

"산드룡아, 울지 마라, 내가 무도회에 가도록 하여 주마!"

하였습니다.

그리고 산드룡의 손목을 잡고 안으로 들어가서,

"애, 뒤껼 밭에 가서 네가 정성껏 기르는 그 호박을 하나 따오너라."

하였습니다.

산드룡은 얼른 가서 따왔습니다. 호박을 받아 가지고 그 여인이 호박 속을 모두 훑어내 버리고 나서, 그 껍데기만 놓고 무어라

중얼중얼하고, 지팡이로 세 번을 치자, 별안간에 그 호박이 황금 마차가 되었습니다. 그리고 그 요술 여인은 부엌으로 가서, 쥐 잡은 통을 들여다보니까, 조그만 새끼 쥐 여섯 마리가 빠져서, 이리저리 톡톡 뛰고 있었습니다. 그래서 그 여섯 마리를 내놓고 지팡이로 건드리자, 금시에 좋은 말 여섯 필이 되었습니다. 그리고 또 어미 쥐를 꺼내서 지팡이로 건드리니, 마차 부리는 여자가 되었습니다. 그리고 이번에는 새장에서 작은 새 여섯 마리를 내어 놓고, 지팡이로 건드리니까, 훌륭한 여섯 명의 마부가 되었습니다.

"자아, 이만하면 무도회에 갈 준비가 되었다. 어떠냐? 네 마음에 합당하느냐?"

하고 물었습니다. 산드룡은 기뻐하면서,

"네에, 합당하고말고요. 마음에 꼭 맞습니다. 그런데 이렇게 더러운 옷인데, 이대로 가도 괜찮겠습니까?"

하였습니다.

"옳지, 옳지. 그것도 해 주마, 염려 마라."

하더니, 지팡이로 산드룡을 툭 쳤습니다. 그러니까 어떻습니까. 이때까지 그렇게 더러운 옷을 입고 게을러 보이던 산드룡이 어느 틈에 이 세상에 없는 보석으로 장식을 한 좋은 옷을 입고 있었습

니다. 그러니까 비로소 산드룡의 원래 어여쁜 얼굴이 나타나서,
어느 나라 공주라도 따르지 못할 선녀 같은 색시가 되었습니다.

그것을 보고 요술 여인은 웃으며, 좋은 유리 구두를 내 주었습
니다. 산드룡은 그 구두를 신고 황금 마차에 올라앉았습니다. 마
차가 떠나기 전에 요술 여인은 산드룡에게 특별히 일렀습니다.

"네가 가서 무도회에 참례하되, 밤 열두 시가 되기 전에 반드시
돌아오너라. 열두 시만 지나면, 마차는 도로 호박이 되고, 말은
쥐가 되고, 마부는 도로 새가 되느니라."
하고 일렀습니다. 산드룡은 주의하겠다고 약속하고 떠났습니다.

그날, 왕자님은 많은 귀한 집 따님들과 노시다가 뜻밖에,

"알 수 없는 어느 곳 공주님이 지금 마차를 타고 오셨다."

는 말을 들으시고, 친히 문간까지 나와 맞으셨습니다.

모르는 어느 곳 공주의 손을 잡고, 왕자님이 안내를 하여 들어 오시자, 졸지에 궁중이 조용하여졌습니다. 음악도 그치고, 모두 새로 오신 귀빈의 아름다운 자태에 눈들이 황홀하여졌습니다.

그리고 그 고요한 속에서 가는 소리로,

"에그, 잘도 생긴 색시다. 어쩌면 저렇게 잘났을까?"

하고 속살대었습니다.

늙으신 나라님께서도 이 색시를 자꾸 보시더니, 황후님 귀에 대고,

"저렇게 잘생긴 색시는 처음 보는걸."

하셨습니다.

그 많은 귀부인들도 모두 그 색시의 아름다운 자태와 이 세상에서 보지 못하던 의복과 모든 장식품을 보고 놀랐습니다.

왕자님은 그 색시를 제일 좋은 자리에 모셔 앉히고, 그러고 나서

는 그 공주 같은 색시와 짝을 하여 무도 춤을 추었습니다. 산드룡 색시는 조용하고 잔잔하게 곱게 춤을 추었습니다. 모든 사람은 그 춤추는 것을 보고 또 놀랐습니다.

이윽고 식당이 열리고 모두 거기 모였습니다. 그러나 왕자님은 그 색시 얼굴만 보느라고, 음식도 못 잡수시었습니다.

산드룡은 한참 후에 자기 집 두 색시 있는 곳으로 갔습니다. 그러나 두 색시들은 그를 산드룡인 줄은 꿈에도 모르고, 그렇게 귀한 어느 공주님이 특별히 자기 옆에 와 준 것만 고마워서 멀뚱멀뚱 보고만 있었습니다.

그러는 동안에 시간이 열두 시 15분 전이었으므로 왕자님이 만류하시는 것도 듣지 않고 곧 돌아왔습니다.

집에 돌아와서 산드룡은 요술 여인을 보고, 무한 감사한 인사를 하고, 그리고 내일도 부디 와 달라고, 왕자님이 하시기에 또 오마고 하였으니, 내일 한 번만 더 가도록 하여 달라 하였습니다.

그리고 오늘 무도회에서 보고 온 것을 요술 여인에게 이야기하고 있는데, 두 색시가 돌아왔습니다. 그러나 그때는 벌써 마차도 마부도 옷도 모두 없어진 후였습니다.

산드룡은 문을 열어 주고, 마치 자다 일어난 것처럼 졸린 낯을

하고,

"인제 오십니까? 왜 그렇게 늦었어요?"

하고는 일부러 기지개를 켰습니다. 둘이는 옷도 벗을 새 없이 무도회 이야기를 자랑삼아 하였습니다.

"너도 무도회에 갔었다면 그렇게 졸리지 않고 재미있었지. 우리들이 왕자님을 모시고 무도를 하고 노는데, 그건 참 이 세상에 둘도 없는 색시가 오셨는데, 아마 어디 공주인가 보더라, 얼굴이 어떻게 그렇게도 잘 생기고 옷은 어디서 그런 옷을 사다 입었는지, 아이고 참 잘도 났더라. 어떻게 잘 생겼는지 왕자님이 퍽 좋아하시면서, 그이 얼굴을 보느라고 무얼 별로 잡숫지도 않으셨단다. 그런 얼굴을 한 번 보기만 해도 좋았지?"

하니까, 또 하나가 곁을 달면서,

"그래. 그 공주님이 그 많은 사람 중에 우리 옆으로 오셔서 정다운 말씀을 하시고 가셨단다. 내일 그이가 또 왔으면 좋겠어."

하면서, 입에 침이 마르도록 칭찬을 하였습니다.

산드룡은 속으로 웃으면서,

"그래, 그이 이름이 무어랍디까?"

하고 물으니까, 그 이름은 모른다 하였습니다.

산드룡은 다시,

"어떻게 잘 생겼기에 그렇게 칭찬을 하시우. 그런 이 하고 이야기를 다 하시고……, 나는 한 번 보지도 못하게 된 거요. 에그, 참 안 되었지만, 그 새 옷 말고 늘 집에서 입던 분홍 옷을 좀 빌려 주었으면 나도 가겠구먼."

해 보았습니다. 그러니까, 성을 벌컥 내면서,

"에그, 계집애두……."

하고는,

"내 옷을 그 더러운 네게 빌려 줄 듯싶으냐? 엉큼도 스럽다."

하였습니다.

산드룡은 미리 그럴 줄 알고, 부러 물어 본 것이었습니다. 도리어 그가 빌려 주마 했다면 거북할 뻔하였습니다.

그 이튿날 저녁에도 두 색시는 왕자님의 무도회에 갔습니다. 산드룡은 나중에 오늘은 더 한층 훌륭하게 차리고 마차를 타고 갔습니다.

왕자님은 늘 산드룡의 옆을 떠나지 않고, 한껏 친하게 구시고, 재미있는 말씀도 하시고, 춤도 같이 추시고, 음식도 같이 잡숫고 하였습니다.

산드룡은 그것이 퍽 기뻐서 정신없이 왕자님과 이야기하는 동안에 시간 가는 줄을 모르고 있었습니다. 시계가 뎅뎅 치는 소리에 깜짝 놀라 보니까 벌써 열두 시였습니다.

큰일 났다 생각하고 곧 일어나서는 왕자님께 인사를 하고 급히 달음질을 하여 달아났습니다. 왕자님께서는 밤이 새도록 며칠 몇 달이 되도록 그렇게 그 색시와 함께 이야기하고 싶었는데, 돌연히 가는 것을 보고 차마 혼자 떨어져 있을 수 없다는 듯이 뒤를 쫓아 나가셨습니다.

그러나 어찌 급히 달아나는지 쫓아갈 수가 없었습니다. 하도 급히 달아나는 바람에 산드룡은 한 쪽 구두가 벗겨진 것도 모르고 달아났습니다. 뒤에 따라오던 왕자님이 그 유리 구두 한 짝을 집에다 잘 감추어 두셨습니다.

산드룡이 대궐 밖에 나와 보니까 큰일 났습니다. 마차도 마부도 간 곳 없고 자기는 어느 틈엔지 집에서 입고 있던 헌 옷을 입고 있었습니다. 하는 수 없이 그냥 내친걸음을 집에까지 뛰어와서 헐떡거리면서 쓰러졌습니다.

그리고 다만 한 짝뿐인 유리 구두를 벗어서 감추었습니다.

그때, 쫓아오던 왕자님이 문지기를 보고,

"이리로 공주 한 분 나가시는 것 못 보았느냐?"

하고 물어 보셨습니다.

그러니까,

"공주 같으신 이는 아니시고, 웬 거지같은 계집애가 달음질해 나간 것뿐이었습니다."

하므로, 왕자님께서는 매우 이상하게 생각하셨습니다.

그날 밤에도 늦게야 돌아온 두 색시는 오늘도 무도회 갔던 자랑을 하였습니다.

"오늘은 더 예쁘고 옷도 어제보다 더 잘 입고 오셨겠지! 그런데 오늘은 왕자님하고 친하게 이야기를 하시다가 별안간에 열두 점 치는 소리를 듣고는 뛰어 돌아갔는데, 그 신었던 유리 구두가 한 짝 떨어져 있어서 그것을 왕자님이 집어 두셨단다. 에그, 그 유리 구두도 어떻게 그렇게 예쁘게 생겼는지 모르겠어……. 필시 왕자님께서도 그 유리 구두 신은 색시를 퍽 좋아하시는 모양이더라……."

하였습니다.

그 후, 사흘이 못 되어서 왕자님은 많은 사람을 거느리시고 나팔을 불면서, 그 유리 구두에 발이 맞는 색시를 찾아서 왕후님을 삼겠다고 반포하시고, 그 유리 구두를 신하에게 들려가지고, 색시들의 발을 검사하며 다니셨습니다.

그러나 아무도 그 유리 구두에 발이 맞는 색시가 없었습니다. 그래서 나중에는 기어코 산드룡의 집에까지 오셨습니다.

어머니는 두 딸을 보시고, 억지로라도 그 구두에 발을 들여 밀라고 하셨습니다. 두 색시는 발이 아프도록 억지로 들여 밀려 하였으나, 버선만 찢어지고, 발뒤축에서 피만 흐를 뿐이었습니다.

그 신발의 임자가 이곳에도 없구나 하시고, 왕자님께서는 낙심하셨습니다. 그것을 보고, 검사하던 신하는 거지같이 헌 누더기 옷을 입는 산드룡을 보고 너도 신어 보라 하였습니다.

산드룡은 무도회에서 보던 그 왕자님을 보고, 무한히 반가웠으나, 신세 생각을 하니까 어찌할 수가 없어서 한 구석에 박혀만 있었습니다.

'내가 그 사람인 줄을 왕자님께서 아시기만 하셨으면……'

생각하였으나 영영 왕자님 옆에를 가지 못하고, 이 구석에서 구박만 받고 있을 생각을 하고 슬퍼하다가, 신어 보라는 소리를 듣고, 와락 달려들려 하는데 어머니가 막으셨습니다. 두 색시는 저까짓 게 하면서 입을 실룩거리었습니다. 어머니는 검사하는 이를 보고,

"이까짓 건 우리 집 하인이올시다. 신겨 보면 뭘 하겠습니까?"

하였으나, 검사하던 이는,

"그래도 나와 신어 보아라."

하고, 산드룡에게로 쫓아와서 신겨 보았습니다.

원래 산드룡의 구두니까 크지도 작지도 아니 하고 꼭 들어맞았습니다. 어머니와 두 색시는 이때 얼마나 놀랐겠습니까? 어이가 없어서 아무 말도 못하고 멀뚱멀뚱 보고만 있었습니다.

왕자님께서는 급히 마차에서 내리셔서 반갑게 산드룡의 손목을 잡고 보니까, 과연 무도회 때에 왔던 공주였으므로 한없이 기뻐하셨습니다. 산드룡은 감추어 두었던 유리 구두 한 짝을 꺼내다 마저 신었습니다. 모든 사람은 또 한 번 더 놀랐습니다.

그때, 요술 여인이 또 나타났습니다. 지팡이로 산드룡을 건드리자 전과 같이 찬란한 옷을 입고 서 있게 되었습니다.

어머님과 두 색시는 그제야 그가 무도회에서 보던 왕녀인 줄

알았습니다. 그리고 이제까지 구박만 하고 심하게 굴던 일을 후회하고, 무릎을 꿇고 사죄하였습니다. 산드룡은 두 색시를 일으켜 좌우 팔을 두 사람 어깨 위에 얹고,

"이제까지의 일은 다시 생각하지 않겠습니다. 그리고 우리는 이제부터 아주 정답게 지냅시다."

하였습니다.

그리고 왕자님이 하라는 대로 그 마차에 함께 타고 대궐로 가서 나라님께 뵈었더니 나라님께서는 대단히 기뻐하셨습니다.

그 후, 나흘이 지나고 닷새 되던 날, 성대하게 혼례식을 치렀습니다. 그리고 산드룡의 주선으로 계모의 딸 두 색시도 대궐 안에서 살게 되었습니다.

---

1) 수선하게: 언행이 부산하고 어지럽게.
2) 체경: 몸 전체를 비추어 볼 수 있는 큰 거울.

왕자와 제비

-영국 동화

이른 봄, 꽃 피기 전이었습니다. 말랐던 버드나무 가지가 파릇파릇하여질 때에, 제비 한 마리가 저어 북쪽에서 날아서 냇가로 왔습니다. 냇가에는 길쭉길쭉한 갈대가 많이 서 있었는데, 제비는 그 허리가 갸름한 파란 갈대를 말끄러미 보더니,

"에그, 올 여름은 이 예쁜 갈대밭에다 집을 짓고 살겠다."

하고, 즉시 집을 짓고 거기서 살았습니다.

갈대밭은 서늘하고도 따뜻하여서 제비는 기뻐서 날마다 냇물을 날개로 찍어 가며 물 위에서 춤을 추며 놀았습니다.

그렇게 재미롭고 즐겁게 지내는 동안, 어느 틈에 봄도 지나고, 여름도 지나고, 선선한 가을이 되어서 제비는 그만 이곳을 떠나 남쪽 따뜻한 나라로 옮겨 가게 되었습니다. 그래서 다른 제비 동

무들은 벌써 남쪽 나라로 다 떠나 날아갔는데, 갈대밭에 집 지은 제비만 홀로 이때까지 안 떠나고 홀로 남아 있었습니다.

정이 깊이 든 갈대 집을 차마 떠나기가 어려워서 그대로 머뭇머뭇 남아 있었습니다.

그러나 싸늘한 가을바람이 쏴아 하고 불어와서 그럴 적마다 온몸이 발발 떨려서 견딜 수 없이 되었습니다. 할 수 없이 남쪽을 향하여 떠나기로 하였습니다.

정 많은 예쁜 제비는 차마 떠나기 어려운 갈대 집을 보고,

"오랫동안 신세를 끼쳤습니다. 안 떠나려고 이때까지 있었지마는 인제는 너무 추워서 어쩔 수 없이 동무의 뒤를 따라 따뜻한 나라로 갑니다. 부디 안녕히 계십시오. 내년 봄에 꼭 찾아오겠습니다."

하고는, 야트막하게 날아 길을 떠났습니다. 예쁜 제비를 작별하는 갈대는, 우는 듯이 흔들흔들 흔들리고, 날아가는 제비는 이별이 애처로워서, 돌아다보고 돌아다보고 하면서 날아갔습니다.

예쁜 제비는 그날 온종일 남쪽을 향하고 날아서, 밤이 어두워서야 겨우 중로에 어느 시가에 당도하였습니다.

이 시가에는 널따란 공원 마당 한가운데 탑 같은 높다란 돌기

둥이 우뚝 서 있고, 그 돌기둥 위에는, '복 많은 왕자'라는 큰 인형 같은 상이 높다랗게 서 있습니다.

그 세워 논 왕자님의 몸은 모두 금 조각으로 싸였고, 두 눈에는 번쩍번쩍 하는 금강석이 박혀 있고, 손에 쥔 칼자루에는 귀한 진주가 박혀 있었습니다.

왕자님의 상은, 이 시가에 사는 백성들에게 대단히 존경을 받고 있는 것이라, 동네에서 어린이가 울면, 그 어머니는 반드시,

"너는 왜 복 많은 왕자님처럼 가만히 있지를 못하느냐."

고 합니다. 또, 아주 아주 구차해서 죽고 싶어 하던 사람은 이 복 많은 왕자님을 보고는,

"아, 저런 이는 복도 많다. 신선 같구나. 저런 이가 있는 것을 생각하면 나라고 저렇게 안 되란 법이 있을까."

하고, 그 사람은 새로 부지런히 일을 합니다.

이 시가에 온 예쁜 제비는 인제 밤이 깊었으니까, 아무 데서나 잠을 자야겠다고, 잘 곳을 찾다가 언뜻 이 높다란 돌기둥 위에 우뚝 서 있는 왕자님을 보고,

"오, 오늘은 저기서 자기로 하자, 높다래서 경치도 좋고 훌륭한 곳이다."

하면서 왕자님의 발 앞에 앉아서, 온종일 날아서 고단한 날개를 쉬고, 드러누워 자려고 하였습니다.

그랬더니 마침 그때, 어디선가 커다란 빗방울이 두어 방울 뚝 뚝 떨어지므로 제비는 깜짝 놀라,

"에그, 이게 뭘까. 하늘에 저렇게 별이 총총한데 비가 오시나?"
하고, 쳐다보았습니다. 세상 사람들은 모두 잠이 들어서 죽은 듯이 고요하고, 집집에는 전기등만 깜박깜박하고 있는데 하늘에는 조그만 별들이 반짝 반짝하고 있습니다.

'이상도 하다.'
하고 생각하는데, 또 두어 방울이 아까처럼 뚝뚝 떨어졌습니다. 제비는 성이 나서 곧 다른 곳으로 옮겨 가려고 하는데 빗방울이 또 떨어졌습니다. 제비는 또 쳐다보았습니다.

그때, 제비는 무엇을 보았겠습니까? 금으로 싸인 복 많은 왕자님의 두 눈에 눈물이 잠겨 있어서 두 볼에까지 눈물이 주르르 흘러 있었습니다.

희미한 달빛에 비쳐 보이는 보드라운 왕자님의 말없이 울고 섰는 모양을 보고, 제비는 저의 가슴이 터지는 듯하였습니다.

"당신은 누구십니까?"

하고, 참다못하여 물었습니다.

　그러니까 왕자님은 가느다란 목소리로,

　"내 이름은 복 많은 왕자란다."

하고 대답하였습니다.

　"복 많은 왕자님이 왜 우십니까? 내 날개까지 젖었습니다."

하니까,

　"아아, 예쁜 제비야! 내가 살아 있는 동안에는 한 번도 울어 본 일이 없이 복스럽게 자랐으니까, 세상 사람들은 복 많은 왕자라고 하였단다. 나는 즐거운 대궐 속에서만 살았는데, 낮이면 대궐 마당에서 신하들과 함께 놀고, 밤이면 금과 비단으로 만든 침대에서 편안히 자고, 그리고 대궐에는 높은 담이 있어서 대궐 밖에는 한 걸음도 나가지 않았기 때문에 대궐 밖 일은 통 모르고 대궐 속에서만 복스럽게 살다가 그냥 죽었단다. 그랬더니 신하들과 백성들이 나를 이렇게 높은데다가 세워 주어서, 지금은 이 거리에서 생기는 일은 무엇이든지 다 내려다보고 있단다. 그러나 너무도 불쌍한 일이 많아서 눈물이 날마다 저절로 흐른다."

　이 이야기를 듣고 제비는,

　"무얼 당신 몸은 모두 금이고 보석이 많은데요."

하고는 가만히 쳐다보았습니다. 왕자님은,

　"제비야!"

하고, 부르고는 다시,

　"나는 이렇게 금과 보석에 싸여 있지만……, 저어기 보이는 저 골목 구석에 다 쓰러져가는 오막살이가 있는데 그 집 들창문[1]이 열려 있어서, 그 속에 아낙네가 혼자 바느질을 하고 있는 게 보인다. 그리고 그 옆에는 조그만 계집애가 병이 나서 앓아 드러누웠는데 그 계집애는 자꾸 과자를 사 달라고 울면서 조르지만, 불쌍한 어머니는 가난하여 돈이 없어서 앓는 애에게 차디찬 냉수밖에 줄 것이 없어서 어머니도 울고 있단다. 그래도 철모르는 어린애는 자꾸 더 조르면서 울고……. 아아, 제비야! 대단히 수고롭지만 내 소원이니, 내 칼자루에 있는 보석을 빼어다가 그 불쌍한 모녀에게 좀 갖다 주어다오. 나는 두 발이 돌기둥 위에 꼭 붙어서 가지를 못한다. 응, 제비야."

　왕자님이 이렇게 청하였으나, 제비는 모르는 체하고,

　"왕자님! 나는 여기서 또 저어 남쪽 나라로 가는 길입니다. 제일 추워서 한시도 더 있을 수가 없고, 또 먼저 가 있는 동무들이 몹시 기다리고 있으니까, 곧 가야합니다. 한시라도 더 지체하다가는 얼어 죽습니다."

"그렇지만 오늘 하룻밤 지체되더라도, 부디 갖다 주어다구. 불쌍한 그 어린애는 병이 쇠진하여서 먹을 것을 찾고 그 어머니도 돈이 없어서 울고만 있으니, 제발 좀 이 보석을 갖다 주고 오렴."

"그렇지만 나는 어린애가 제일 미우니까 그런 심부름은 안합니다. 올 여름에도 내가 냇가에서 목욕을 하고 노는데, 어떤 어린애들이 와서 돌멩이로 나를 막 때리겠지요. 원래 내 몸이 빠르니까 맞지는 않았지만, 어린애들은 앓다 죽으면 그만이지요. 그것도 제 팔자 아닙니까?"

제비는 그렇게 말은 하였으나, 예쁜 왕자님이 눈물을 흘리면서 지성으로 청하는 것을 싫다 할 수가 없어서,

"여기가 춥기는 하지마는, 왕자님께서 기어코 그렇게 하시니 심부름을 하긴 하겠습니다."

하였습니다.

왕자님은 몹시 기뻐하면서,

"고맙다, 제비야. 고맙다."

하였습니다.

그래서 제비는 왕자님이 하라는 대로 그 칼자루에 박힌 보석

을 빼어 입에 물고, 그 구차한 오막살이집을 찾아갔습니다. 훨훨 날아서 몇 번이나 남의 지붕에 앉아 쉬어 가지고 억지로 그 집을 찾아갔습니다. 살그머니 그 집 창 옆에 가서 보니까, 방 속에는 어린애가 병들어 누워서 헐떡거리고, 그 옆에서 그 어머니는,

"에그, 어쩌면 좋단 말인가."

하고, 눈물만 흘리고 앉아 있습니다.

제비는 몹시 불쌍히 생각하면서 방으로 들어가서 어린애 머리맡에 그 보석을 놓고, 그리고 어린애 이마를 날갯죽지로 부채질을 해 주었더니 펄펄 끓던 머리가 식고, 어느 틈에 조용하게 잠이 들었습니다.

잠든 것을 보고 제비는 마음을 놓고 나왔습니다. 제비는 다시 왕자님에게로 와서 그 이야기를 모두 하고,

"이상도 합니다. 아까까지도 그렇게 춥더니 지금은 몸이 이렇게 덥습니다."

하였습니다.

"오, 그건 네가 착한 일을 하고 온 까닭이다."

하고 왕자님이 대답했습니다.

이튿날 아침때가 되자, 제비는 냇가로 가서 세수를 하였습니다.

다리 위로 지나다니는 사람들이 제비를 보고,

"야, 제비 봐라, 겨울에 제비가 있는 건 이상한 일인데."
하고 떠들었습니다.

그날 제비는 냇가를 구석구석, 구경하고, 저녁때 왕자님께로 와서 이제는 따뜻한 나라로 길을 떠나야겠다고 하였습니다. 그랬더니 왕자님은 또 청을 했습니다.

"귀여운 제비야, 오늘밤만 더 나하고 지내자."

"아니오, 못합니다. 얼어 죽기 전에 얼른 가야 합니다."

"그러나 제비야, 저어기 저 산 밑에 젊은 학자님이 있는데, 그이가 지금 퍽 훌륭한 책을 꾸미는 중인데, 양식거리도 떨어지고, 방도 불도 못 때어서, 그만 끝을 맺지 못하게 되어, 속만 태우고 있단다. 얼마나 불쌍하고 아까운 일이냐? 한 번만 더 심부름을 해주고 가거라."

하면서 지성껏 조르므로 제비는 차마 싫다 하지 못하고 왕자님의 어깨를 만지면서,

"그럼 한 번 더 심부름을 하겠습니다. 칼자루의 보석을 그 학자에게 갖다 주고 오지요."

"제비야! 칼자루에는 보석이 없다. 이제는 남아 있는 것이 금강

석뿐이다. 이 두 눈 중의 하나를 빼어다가 주고 오너라. 그러면 그 학자님은 그것을 보석 상점에 가서 팔아다가 음식도 사고 불도 피우고, 그 유익한 책을 마저 끝낼 것이다."

"그렇지만 어떻게 왕자님의 눈을 뺍니까?"

제비는 그만 눈물이 펑펑 쏟아졌습니다.

착하고 착한 왕자님의 마음씨에 감동이 되어 가슴이 터질 듯이 아팠습니다. 그러나 왕자님은,

"제비야, 울지 말고 어서 빼어다 주어라."

제비는 하는 수 없이 그 눈을 빼게 되었습니다. 눈물이 비 오듯 쏟아지며 우는 목소리로,

"아아, 왕자님!"

하고 쳐다보며 불렀습니다.

"오오, 제비야!"

왕자님의 눈에는 눈물이 흘렀습니다. 왕자님의 재촉에 하는 수 없이 제비는 눈 하나를 빼어서 입에 물고, 그 산 밑 학자의 집에 갔습니다. 불도 없는 쓸쓸한 냉방에 젊은 학자님은 턱을 고이고 멀건이 앉아 있었습니다.

제비는 그의 앞에 금강석을 놓고 나왔습니다. 학자님은 깜짝

놀라 제비가 날아가는 것을 보고,

"제비가 제비가 보석을 두고 가다니, 아이구 하느님 감사합니다. 제비로 하여금 베풀어 주신 선물로 반드시 이 책을 마쳐 내놓겠습니다."

하면서, 한없이 기뻐서 춤을 추며 돌아다녔습니다.

이튿날 아침 제비가, 바닷가로 날아가 보니까, 마침 항구를 떠나 남쪽 나라로 가는 배 한 척이 있었습니다. 제비는 그 배 가는 것을 보자, 더 남쪽으로 갈 일이 생각되어서 곧 왕자님에게로 와서 오늘은 꼭 떠나야겠다고 하였습니다.

그러니까 왕자님은,

"아아, 귀여운 제비야! 꼭 이번 한 번만 내 청을 들어다오. 꼭 이번 한 번만……"

하고 청하였습니다.

"왕자님! 지금은 벌써 겨울입니다. 이제 곧 눈보라가 치고 몹시 추워서, 아무리 왕자님을 모시고 있고 싶어도, 얼어 죽을 것 같아서 견딜 수가 없습니다. 결단코 왕자님을 잊어버리지는 않겠습니다. 내년 봄이 되어서 따뜻하여지면 꼭 다시 오겠습니다. 그때는 왕자님에게서 불쌍한 사람들에게 주신 그 보석보다도, 더 아름답고 좋은 보석을 가지고 오겠습니다."

제비는 이렇게 사정을 하였지마는, 왕자님은 그 말은 들은 체도 아니 하고,

"예쁜 제비야, 이 아래 네거리에 성냥 파는 조그만 계집애가 있는데, 그 조그만 계집애는 성냥을 개천에 모두 빠뜨려서 팔수가 없이 되었단다. 그런데 성냥 판돈을 가지고 가지 않으면, 그 애 아버지가 몹시 때려 줄 것이다. 그래서 저렇게 어린애가 신발도 없고, 버선도 없이 이 추운데 맨발로 발발 떨고, 머리에는 모자 하나 못 쓰고 울고 섰으니……. 제비야, 내 하나 남은 눈을 마저 빼다가 그 애를 주고 오너라. 그럼 이제는 더 줄 것도 없단다."

제비는 자기도 춥기는 하지마는 왕자님의 착한 마음씨에 감동이 되어, 제 몸이 추운 것도 잊어버리고,

"네, 그럼 한 번 더 심부름을 하겠습니다. 하지만 왕자님, 아무리 하여도 하나 남은 왕자님의 눈은 빼지는 못합니다. 왕자님! 그것을 마저 빼면 장님이 되십니다."

하면서 눈물을 흘리니까 왕자님은,

"아니 괜찮아, 어서 빼어다 주어라."

하는 수 없이 제비는 그 눈 하나를 마저 빼어 물고 날아갔습니다.

발발 떨고 서서 우는 성냥 파는 어린애의 손에 곱게 떨어뜨려 주고 왔습니다.

두 눈이 다 없어진 왕자님은 다녀온 제비의 소리를 듣고 기뻐하였습니다. 제비는 그 눈먼 왕자님을 보고 눈물을 줄줄 흘리면서,

"왕자님! 왕자님이 이제는 장님이 되셨으니까, 저는 영영 가지 아니하고, 왕자님을 모시고 여기 살겠습니다."

"아니 아니 그건, 안 될 말이다. 너는 속히 남쪽 나라로 가야 한다. 겨울이 닥쳐오는데 어떻게 견디니……."

하고, 불쌍하게 된 왕자님이 말을 하였습니다.

"아니오, 추워서 얼어 죽어도 왕자님 곁에 있겠습니다."

하고, 제비는 눈먼 왕자님 앞에서 잤습니다.

그 이튿날 아침때가 되었습니다. 인제는 남쪽 나라에도 아니 가기로 결심하였습니다. 느릿느릿 날아서 거리를 돌아다녔습니다. 다니면서 보니까, 욕심 많은 부자가 훌륭한 대궐 같은 집에서 즐겁게 지내는데, 그와는 딴판으로 그 집 문간에는 불쌍한 거지가 밥을 달라고 애걸을 하고 있습니다.

또 어디는 가니까, 남의 집 처마 밑에서 어린애들이 손가락을 빨아먹으면서 밥을 달라 울고 있었습니다. 또 어디는 가니까, 아

들 없는 노인이 살이 드러나는 찢어진 홑옷을 입고 벌벌 떨면서 남의 집 쓰레기통을 뒤지는 이도 있었습니다.

이 불쌍한 꼴을 보고 온 제비는 왕자님께 모두 보고 온 대로 이야기를 하였습니다. 그러니까 왕자님이,

"내 몸을 금으로 쌌으니 그것을 조각조각 벗겨다가 불쌍한 사람들에게 주어다구."

하였습니다.

이번에는 싫단 말 아니하고, 제비가 그 금 조각을 하나씩 하나씩 벗겼습니다. 아름답고 찬란하였던 복 많은 왕자는 기어이 아무 광채 없는 잿빛으로 변하고 말았습니다. 제비는 그 금 조각을 하나씩 하나씩 불쌍한 사람들에게 갖다 주었습니다.

그 후부터 얼굴빛이 누렇고 푸르고 한 가난한 사람들도 복스러워지고, 구차한 집 아이들도 장미꽃같이 활짝 피어서, 기껍게 복스럽게 놀게 되었습니다.

얼마 아니 있어 쌀쌀한 바람이 사정없이 불어오고, 아침저녁으로 서리가 하얗게 내리게 되었습니다. 벌써 함박눈이 쏟아지고, 지붕마다 기다란 얼음이 매달리게 되었습니다. 가엾은 제비는 추워서 견딜 수 없이 되었습니다.

그러나 그렇다고 눈먼 왕자님을 버리고 혼자 가고 싶지는 않았습니다. 날이 점점 추워지자, 제비는 인제 죽을 날이 가까워 온 줄을 알았습니다.

그러나 아직 왕자님의 어깨 위에 올라앉을 만큼은 기운이 남아 있었습니다. 그래서 왕자님 어깨 위에 올라앉아서,

"왕자님, 안녕히 계십시오. 왕자님의 손에 입이나 한 번 맞추게 해 주십시오."

하는데, 벌써 눈에서는 눈물이 펑펑 쏟아집니다. 왕자님의 눈에서도 두 줄기의 눈물이 비 오듯 흐르며,

"아아 어여쁜 제비야, 따뜻한 남쪽 나라로 가련? 아무쪼록 몸 성히 잘 가거라."

"아아니오. 저의 가는 곳은 남쪽 나라가 아닙니다. 저는 죽음의 나라로 갑니다. 영영 다시 뵈옵지 못할 길로 떠나갑니다. 부디 안녕히 계십시오. 왕자님!"

"오오, 제비야……."

"아아, 왕자님……."

눈물이 비 오듯 합니다.

기어이 제비는 마지막으로 날아서 눈 감은 왕자님의 입술에 입

을 맞추고, 그만 숨이 끊어졌습니다.

제비가 죽던 바로 그때, 무엇인지 떨어져 깨지는 소리가 들렸습니다. 그것은 납으로 만든 왕자의 가슴 속 심장이 떨어져 쪼개지는 소리였습니다. 왕자님의 빛은 더 거칠어져 흉하게 되었는데, 밤에 서리가 하얗게 내렸습니다.

그 이튿날 아침때, 이곳의 시장이 왕자가 서 있는 높은 돌기둥 밑을 지나가다 언뜻 쳐다보고,

"에그, 복 많은 왕자의 상이 왜 저렇게 더럽고 흉해졌나."

하였습니다.

"보석도 금강석도 다 없어지고, 아주 거지꼴이 되었구나. 이대로 둘 수 없다."

하고 혼자 중얼거리다 보니까, 그 밑에 조그만 제비가 죽은 것이 있었습니다.

그러나 그리 대단하게 여기지 않아 곧 영을 내려서, 왕자의 상을 내려서 풀뭇간(대장간) 도가니 속에 넣고 녹였습니다. 그러나 이상하게도 그 납으로 만든 심장만은 영영 녹지를 아니하여, 그냥 그 심장만은 그냥 쓰레기통에 버렸는데, 마침 그 쓰레기통 속에는 제비 죽은 송장이 내버려져 있었습니다. 그래서 죽은 제비

와 왕자의 심장은 한 쓰레기통 속에 있었습니다.

이 소문이 쫙 퍼지자, 그 중 제비에게서 보석 받은 사람들이 몰려와서 그 이야기를 모두 해서, 세상 사람들이 다 알고 참 신기한 일이라고, 또 그런 착한 왕자와 제비는 다시없다고 전보다 더 좋게 더 좋은 보석을 박아서 왕자의 상을 만들어서 세웠는데, 이번에는 특별히 왕자의 어깨 위에 제비까지 만들어 앉혔습니다.

그리고 제비의 눈도 좋은 금강석으로 박았습니다. 날마다 사람들이 그 밑에 모여서 절을 하고, 재미있게 놉니다. 대대로 그 이야기가 전하고 영원토록 왕자와 제비의 상은 세상 사람의 존경과 사랑 속에 싸여 늘 봄철이고, 늘 젊어 늙지 아니하였습니다.

---

1) 들창문: 벽 위에 만든 작은 창문.

요술왕 아아

-시리아 동화

1

옛날 옛적 어느 깊은 산 속에 가난한 나무장수 노인이 있었습니다. 마나님도 없고, 아드님도 며느님도 없고, 다만 손녀 색시 세 사람만 데리고 있었습니다. 손녀딸 세 색시는 그야말로 천하에 당할 사람이 없게 귀엽고 어여뻤으나, 원래 늙은 영감이 혼자서 도끼 하나로 나무를 찍어다 파는 나무장수였으므로, 살림이 가난하기 짝이 없었습니다.

하루는 노인이 산 속에서 한나절 나무를 찍다가 도끼를 놓고 허리를 숙이면서 탄식하는 말이,

"아이구, 나는 언제나 이 노릇을 아니하게 될까? 이렇게 머리를 하얗게 세도록, 날마다 나무를 찍어도 돈은 한 푼도 모이지 않

고……. 그래도 하느님이 도와주시려면, 손자사위나 부자사위를 얻어서 덕이나 보게 되련마는 언제나 이 노릇을 면하게 되려나. 아아 아!"

하였습니다. 그러니까 별안간에,

"왜 불렀나, 왜 불렀어?"

하는 소리가 나며, 그 앞에 사람이 있으므로 보니까, 아주 훌륭한 옷을 입은 키 큰 남자 한 사람이 서서, 왜 불렀느냐고 묻고 섰습니다. 노인은 이상하여서,

"네? 무슨 하실 말씀이 계십니까?"

하니까,

"무슨 일이냐고는 내가 물은 말인데……."

하면서 이상해 하였습니다.

"아니오. 저는 아무 일도 없었습니다마는 당신께서는 무슨 일로 오셨습니까?"

"늙은이가 부르니까 내가 왔지."

"네 네? 제가 부르다니요? 언제 불렀습니까?"

"방금 여기서 나를 부르지 않았어?"

"그런 일은 없습니다."

"딴말 말아! 늙은이가 방금 아아 아아 하지 않았어?"

"네에, 그건 저 혼자 신세타령을 하고 한숨을 쉬느라고 그랬습니다."

"그래, 그 아아 하는 게 내 이름이야."

"네? 아아가 당신 이름이세요?"

"그래 나는 이 산 속에 있는 요술왕인데, 내 이름은 아아라네. 지금 자네가 내 이름을 불렀을 때는 무슨 소원이 있는 모양이니, 소원이 있거든 소원대로 이야기를 하여 보게. 나는 요술왕이니까 무슨 소원이든지 들어줄 수가 있으니……"

하는 소리를 듣고, 이때까지 놀랐던 노인은 그제야 마음을 놓고,

"네, 그럼 말씀을 다 하겠습니다. 소원은 이 늙은 것이 무슨 소원이 있겠습니까. 다만 집안이 가난하여서 이렇게 늙도록 나무 찍기를 면치 못하고, 손녀딸 셋이 있는데 옷 하나 변변히 못 입히고, 음식 한 가지 변변히 못 먹이고 사는 게 제일 유감입니다. 그래서 지금도 나무를 찍다가 허리가 아파서 허리를 숙이면서, 신세 생각을 하고 한숨을 쉬었습니다."

하였더니 요술왕은 아주 정답고 부드러운 소리로,

"그건 딱한 형편이로군. 그러면 이제부터 내가 구원해 줄 것이

니, 내 말을 듣겠나? 다른 게 아니라, 나 있는 대궐에 지금 내 심부름하여 줄 사람이 없어서 구하는 중이니, 자네 손녀딸 하나를 내게로 보내 주게. 그러면 그 대신 돈을 많이 주어서 잘 살도록 해 줄 것이니……."

하는 소리를 듣고 노인은 기꺼워하였습니다. 가난한 집에 밤낮 데리고 있어서 고생만 시키느니보다도, 저런 훌륭한 이에게로 보내었으면, 저도 좋고 집안도 잘 살겠고 하니까 얼른 대답하였습니다.

"네, 그럼 내일 이맘때 이리로 데리고 오겠습니다. 그럼 내일 이맘때 여기서 뵙겠습니다. 안녕히 가십시오."

하고는 곧 집으로 돌아왔습니다. 아무것도 모르고, 삼형제가 모여 앉아 노는 것을 자기 앞으로 불러 앉히고, 그 이야기를 다 하고, 그 중 큰형을 보고 가라고 하였습니다.

늘 이렇게 놀다가 그렇게 떨어져 가면, 다시 못 만날 줄 알고 큰 색시는 싫다 하였으나, 다른 먼 곳도 아니고 요 산 속 대궐이니까, 가더라도 종종 만나게 될 것이니 가라고 하는 조부님 말씀에, 어찌하는 수 없이 가기로 하였습니다. 삼형제가 내일은 형을 작별을 할 생각을 하고, 그 밤은 한자리에 누워서 잠도 안 자고 울고만 새웠습니다.

그날 낮에, 어저께 그 시간쯤 하여, 노인은 큰 색시를 데리고 어제 그 자리로 갔더니, 요술왕 아아는 벌써 와서 기다리고 있었습니다. 노인이 데려 온 천하에 제일 어여쁜 색시를 받고, 그 대신 묵직하고 큰 돈주머니를 노인에게 주면서,

"자아, 색시는 분명히 내가 데려다 기를 것이니 그리 알고 가되, 무슨 일이든지 나에게 할 말이 있거든 이레 만에 한 번씩 이곳에 와서 나를 부르게. 그러면 어느 때든지 올 것이니……."

하고 이르고는 돌아서더니만 그만 사라져 버렸습니다. 물론 색시도 사라졌습니다. 이렇게 해서, 요술왕은 아무도 모르게 대궐로 간 것이었습니다.

정든 두 동생을 이별하고 온 색시는, 요술왕을 따라와 보니까, 정말 솔숲 속에 훌륭한 대궐이 있고, 모든 것이 전에 보지 못하던 찬란한 것뿐이어서, 마치 요지경 속에 들어온 것같이 좋고 기꺼웠으나 그러나 그 중에 여기저기 사람의 뼈다귀와 해골이 쓰레기처럼 쌓여 있고, 어디든지 썩지도 아니한 사람의 송장이 놓여 있는 것을 보고,

"에그머니!"

소리를 지르고 벌벌 떨었습니다. 그러나 요술왕은 그것을 보고

빙글빙글 웃으면서,

"그렇게 놀랄 것 무엇 있니? 너도 하라는 심부름이나 잘 하고 있으면 잘 기르고, 그렇지 않으면 죽어서 내 양식거리나 만들고 할 뿐이지."

그 소리를 듣고 깜짝 놀라서, 사시나무 떨 듯하는 색시를 보고, 태연히 은근한 소리로 다시,

"어떻게든지 해서 믿을 만한 사람을 구해 두어야 할 터인데, 이 때까지 별별 사람이 다 왔었으나, 한 사람도 나 하라는 대로 잘 한 사람이 하나도 없어서, 모두 죽어 송장이 되었단다. 이번에야말로 너는 인물도 잘생기고 귀엽기도 하니, 나 하라는 대로 잘만 하면 잘 길러서, 내 색시가 되어서, 호강스럽게 살게 할 것이니, 나 하라는 대로 잘 하여라."

하였습니다. 그 말을 듣고, 색시는 저 해골과 송장도 처음에는 자기처럼 왔다가, 요술왕의 말을 듣지 않고 죽은 것인 줄을 알고 어찌해야 좋을 줄을 모르고 떨고만 있었습니다.

그러는 동안에 요술왕은 광 속에서 보기에도 무서운 사람의 다리 하나를 들고 나왔습니다. 그리고 그 다리를 색시 앞에 놓고,

"자아, 나는 사흘 동안 어디를 갔다 올 것이니, 그 안에 이 넓적

다리를 먹어 버려라. 응? 꼭 먹어야 한다!"

　이르고, 어디론지 나갔습니다.

　이것이 요술왕의 시험이었습니다. 그러나 어떻게 사람의 다리를 먹을 수가 있겠습니까? 보기에도 소름이 끼치고 무서워서, 색시는 그대로 두고 본 체도 아니 하고 있다가, 그 다음날, 요술왕이 돌아올 생각을 하니까 그냥 두고 있을 수도 없어서 그 다리를 집어다 마루 밑에 갖다 감추었습니다.

　요술왕은 돌아와서 제일 먼저,

　"그 다리는 다 먹었느냐?"

고 물었습니다. 색시는 어찌하는 수 없이,

　"먹었습니다."

고 대답하였습니다. 그러니까 요술왕은,

　"어디, 그 다리는 요술을 걸어 놓은 다리니까, 정말 먹었나 아니 먹었나 물어보자."

하고, 벌떡 일어나더니 커다란 목소리로,

　"이 애! 이 애! 다리야! 어디 있니?"

하고 물었습니다. 그러니까, 이상하게도,

　"네, 네, 여기 있습니다."

하고, 마루 밑에서 뛰어나온 다리를 보고 요술왕은 불같이 성이

나서,

"예끼, 요 앙큼한 년!"

하고, 그냥 죽여서 광 속에다 넣어 버려두었습니다.

2

어여쁘고 착한 색시가 그렇게 불쌍하게 죽은 줄은 알지 못하

고, 노인은 이제 살림은 넉넉해졌으나, 손녀 딸 소식이 궁금하여

서, 이레 되는 날 낮에 그 산에 가서 요술왕을 불러서 아아와 만

났습니다.

"저는 덕택으로 잘 삽니다마는, 그 애가 잘 있는지 궁금합니다."

"으응, 잘 있고말고, 좋은 대궐에 좋은 음식에 아주 호강하고 있지.

그런데 집에 있는 동생 생각을 하고, 혼자서 퍽 쓸쓸해 하는 모

양이니, 둘째 색시도 와서 같이 살게 하는 게 좋을 것 같으이."

하니까 노인은,

"딴은 그렇겠습니다. 그 어린 게 혼자 떨어져서 퍽 심심해 할

터이지."

하고, 돌아와서는 둘째 색시를 또 데려다 주었습니다.

둘째 색시는 오고 싶지도 않은 것을 언니가 쓸쓸해 한다는 말을 듣고 왔더니 언니는 만나 볼 수도 없고, 그 무서운 송장 많은 곳을 사흘 동안 혼자 지키고 있되, 그 안에 사람의 넓적다리를 먹으라고 명령까지 받고 혼자 남아 있게 되었습니다.

사람의 다리는 본 체도 아니 하고, 다만 언니를 만나려고 이틀 동안을 아무리 찾아보아도 없어서 보지 못하고 사흘이 다 지나서, 요술왕이 올 생각을 하니까, 겁이 나서 그 다리를 지붕 위에다 감추었습니다.

요술왕은 돌아오더니 우선 다리를 먹었느냐고 묻는지라, 먹었다고 대답했습니다. 그러니까 벌떡 일어나서,

"이 애! 이 애! 다리야! 어디 있느냐?"

하고 크게 부르니까,

"네, 네, 여기 있습니다!"

하고, 다리가 지붕에서 뛰어 내려왔습니다. 요술왕은 그것을 보고, 얼굴이 빨갛게 성이 나서,

"요 앙큼한 년!"

하고, 달려들어 그냥 죽여서 또 광 속에 넣어 버렸습니다.

3

둘째 색시까지 이렇게 불쌍하게 죽은 줄을 알지 못하고, 혼자 남은 색시와 노인은 퍽 보고 싶어 하면서 지냈습니다.

그래서 이레가 되기를 기다려서, 또 그 자리에 가서 요술왕을 불러 만났습니다.

"아이들이 어떻게나 지냅니까? 잘들 있습니까?"

"잘들 있고말고……. 살이 포동포동 쪄서, 아주 달덩이같이 소담스럽게 더 예뻐졌다네. 그런데 집에서 끝의 동생 마르자가 혼자 어떻게 지내는지 모르겠다고, 날마다 울며 지내더니 오늘은 나를 보고, 오늘 가거든 마르자를 데려다 달라고 하데……."

하는 소리를 듣고 노인은,

"그들을 다 보내 놓고 나 혼자 지낼 수는 없지마는, 저희가 그렇게 보고 싶어 하는 것을 어쩝니까? 보낼 수밖에 없지요."

하고, 집으로 돌아와 그 이야기를 하여 주고, 마르자를 데려다 요술왕에게 주어 보내고, 혼자 앉아서 자꾸 울고 있었습니다.

날마다 날마다 혼자서, 언니를 만나고 싶어서 울고 있던 마르자가 요술왕을 따라와 보니까, 언니는 하나도 보이지 아니하고, 대궤 속에는 해골과 송장뿐이므로 벌컥 놀랐으나, 원래 이 마르자 색시는 얼굴도 예쁘거니와 몹시 영악하고 대담하여서, 까딱 아니 하고 모든 것을 정신 차려 보고 있었습니다.

요술왕은 이번에도 또 사흘 동안 어디 다녀올 터이니, 그 안에 집을 보고 이것을 먹으라고, 이번에는 팔뚝을 하나 주고 나갔습니다.

마르자 색시는 이것을 먹을 수도 없고, 그냥 둘 수도 없고, 어찌할까 근심하고 있는데, 그때 어디선지 공중에서 노래 소리가 들리면서,

여보 여보 마르자, 어여쁜 색시,

그까짓 것 그다지 근심 마셔요.

불에 태워 갈아서 재를 만들어

수건에다 잘 싸서 배에 감으오.

수건에다 잘 싸서 배에 감으오.

이렇게 가르쳐 주는지라, 마르자 색시는 그 노래대로 불에 살라서 갈아서 재를 만들어 가지고, 수건에 싸서 배에다 감고 태연히 있었습니다. 요술왕이 돌아왔습니다.

1편_ 사랑의 선물

"팔뚝은 어쨌니? 잘 먹었니?"

"네, 맛나게 먹었습니다."

하니까 요술왕은 놀라면서,

"무어 정말 먹었어?"

하고는 벌떡 일어나서,

"이 애! 이 애! 팔뚝아! 어디 있느냐?"

하고 물으니까,

"네 네에, 여기 있습니다."

고, 대답하는 소리가 들리면서도 팔뚝은 지붕에서도 마루 밑에

서도 나오지 않았습니다. 요술왕은 이상히 여기면서,

"이 애! 어디 있느냐? 있거든 얼른 나오너라!"

하니까,

"암만 해도 나가는 수가 없습니다."

요술왕은 화가 나서,

"거기가 어디란 말이냐?"

"마르자의 배입니다."

"무어! 마르자의 배? 하하, 그럼 정말 먹은 게 분명하구나."

"오늘에야 믿을 만한 색시를 얻었다. 인제 너는 죽이지 아니하

고 기를 것이니 심부름 잘 하고 있거라."

하면서 퍽 귀애했습니다. 그 후로는 마르자 색시는 아무 일 없이 지내게 되었으나, 다만 두 분 언니가 보이지 않아서, 만날 수 없는 게 큰 설움이었습니다.

집에서 지낼 때보다도 더 언니가 못 견디게 보고 싶고, 그럽고, 단 한 분 계신 할아버지께서는 어찌 지내시는지 몹시 궁금했습니다.

그 후 어느 날 하루는, 마르자가 요술왕의 방을 소제하다가, 그 방구석에서 조그만 약병 하나와 열쇠 꾸러미를 얻었습니다. 마르자 색시는 그것을 요술왕에게 보이고,

"이것이 무엇 하는 것입니까?"

하고 물어 보니까, 요술왕은 빙글빙글 웃으면서,

"으응, 이것은 내게 그 중 중한 것인데, 특별히 너니까 이야기해 주마. 이 병 속의 약은 죽은 송장이라도 먹으면 살아나는 약인데, 어떤 송장이라도 죽은 지 스무하루만 넘지 않았으면 살아나는 귀중한 약이다. 이 열쇠는 저 뒤 광의 열쇠란다. 이 두 가지 귀중한 것을 오늘부터는 특별히 너에게 맡겨 둘 테니 조심해서 맡아 가지고 있거라."

하면서, 그 두 가지를 마르자 색시에게 맡겼습니다. 요술왕은 이

마르자 색시를 잔뜩 믿고 있는 것이었습니다.

마르자 색시는 그것을 받아서 잘 간수하여 두었습니다.

그 후 요술왕이,

"오늘 가서 내일 아침때나 돌아오겠다."

이르고 나간 틈을 타서, 마르자 색시는 그 열쇠와 약병을 내어 들고 뒤 광을 열었습니다. 거기 혹시 언니가 있나 아니할까 하는 생각으로 연 것이었습니다. 그러나 거기도 언니는 있지 아니하고, 그 광 속에는 어느 나라 왕자님 같은 복색을 입은 남자가 죽어 송장이 되어 쓰러져 있었습니다.

마르자 색시는,

'이 이가 혹시 죽은 지 스무하루만 넘지 않았으면!'

하면서 그 입에다 약을 흘려 넣었더니, 이상도 하지요. 그 남자 기사[1]는 기지개를 펴더니, 자다 일어나는 사람처럼 일어나서는, 마르자 색시를 보고,

"나를 살려 준 이가 당신이십니까?"

하고 물었습니다. 마르자 색시는,

"예, 그렇습니다. 그런데 당신은 무슨 일로 여기 와서 죽어 계셨습니까?"

하고 되물으니까, 그는 대단히 기뻐하면서,

"이렇게 살려 주서서 감사합니다. 나는 이 나라 왕자인데, 이 집에 있는 악마를 처치하러 왔다가, 불행히 그 악마의 요술에 걸려서 죽었던 것입니다. 그런데 이렇게 살려 주서서 감사하지마는, 그 악마란 놈이 살아 있으면 도망해 나갈 수가 없으니까, 될 수 있으면 당신이 그 악마에게 꾀를 써서, 그놈을 어떻게 하면 꼼짝 못하게 죽이게 되는지, 그것을 알아다 주셨으면 좋겠소이다. 그러면 그놈을 아주 죽여 버리고 나서, 이 속에는 나 외에도 죽은 사람이 많이 있는 모양이니까, 모두 살려 가지고 나갈 수가 있을 것입니다 그러면 나는 그 꾀를 알 때까지 여기서 죽은 송장인 체하고 있을 터입니다."

하므로, 마르자 색시도 그럴 듯하여, 그 광문을 다시 닫고 돌아와 요술왕이 돌아오기를 기다리고 있었습니다.

이튿날 아침때, 요술왕은 돌아와서 곧 광을 열어 보았으나, 왕자의 송장도 그대로 있고, 다른 송장들도 그대로 있으니까, 안심하고 자기 방으로 돌아와서 아침상을 받았습니다. 마르자는 아침을 먹는 요술왕의 상 옆에 앉아서 아주 다정한 듯이,

"그런데 저어 여쭈어 볼 게 있는데요."

"무엇 말인가 응? 무어든지 들어 주지."

"저를 꼭 신용해 주시고 무엇이든지 제게는 말씀해 주시지요?"

"그러구말구."

"그런데 아직도 제게 말씀 안 하신 게 있지 않습니까?"

"무얼까? 별로 마르자에게 아니한 말은 없는데……."

"다른 것보다 제일 먼저 말씀하셔야 할 것인데 잊어버리셨지요?"

"제일 먼저 말할 것? 그게 무얼까……."

"원래 힘이 세시고, 요술을 잘 부리시니까 누가 대항할 사람이 없지만, 그 대신 사람보다도 아무것보다도 제일 무섭고 겁나는 것은 하나 있겠지요?"

"내가 제일 무서워하는 것이 하나 있기는 있지. 그러나 그건 알아 무얼 하나. 내가 무서운 것을 마르자가 알면 무얼 하나?"

"그걸 말씀하셔야 내 힘으로 할 수 없는 것은 할 수 없지만, 만일 제일 무서운 것이 무슨 물건이면 주의하여서, 이 방에나 이 집 근처에 그런 것이 있지 않도록 하고, 또 혹시 그 무슨 짐승 같으면, 요리할 때도 그런 무서운 것의 고기가 아니 들도록 주의를 하지요. 그런데 그걸 알아야지 주의를 하지요."

"딴은 그렇군. 내가 잊어버리고 있었구먼. 아암, 그런 걸 알고 있어서, 내 신변에 그런 것이 있지 않도록 주의하여야지. 내가 세상에 무서운 것이라고는 아무것도 없으나 꼭 한 가지 원수의 물건이 있어서 안 되었는데, 그것은 버드나무 잎사귀란다. 그 버들잎이 내 귀에 닿기만 하면 그 자리에 거꾸러지게 되어서, 그놈이 제일 상극이니 그 버드나무 잎이 내 신변에 오지 않도록 주의해요. 응?"

하고 일렀습니다.

그날 밤에는 어디 가 무슨 일을 하였는지, 몹시 고단한 모양이어서 그냥 자리에 가 누워 잠이 깊이 들었습니다. 그 틈을 타서 마르자 색시는, 마당에 나가서 버드나무를 찾았더니, 마침 한편 구석 그늘에 버드나무가 한 나무 있어서 그 가지 하나를 꺾어서 감추어 들고 넌지시 들어왔습니다.

깊이 잠든 요술왕 침대 옆으로 마르자는 숨을 죽이고 가만가만 갔습니다. 그때 요술왕이 몸을 틀기에 깬 줄 알고, 마르자는 깜짝 놀랐으나 그냥 돌아누웠을 뿐이었습니다.

마르자는 가만가만 치마 속에서 버드나무를 꺼내서, 버들잎을 요술왕 귀에 틀어넣으려고 하는데 기어코 요술왕이 잠에서 깨어서 벌떡 일어났습니다. 그러나 이미 늦었습니다. 버들잎이 귓구멍에 걸려서 요술왕은 그냥 다시 거꾸러졌습니다.

요술왕이 죽어 쓰러지는 것을 보고, 마르자는 곧 뒤 광을 열고 왕자님을 일으켰습니다.

"그래, 어떻게 하면 죽일 수 있는지 아셨습니까?"

하고 물었습니다.

"아니오, 벌써 제가 죽여 놓고 왔습니다."

하여 안심을 시켜 놓고, 왕자님과 둘이서 광마다 열어 보니까 송장이 둘씩 셋씩 있었으나, 아무리 약을 먹여도 죽은 지 스무하루가 지난 모양이어서 아무도 살아나지 못하였습니다.

맨 나중에 한 광을 여니까, 거기 반갑고 반가운 두 언니가 누워 있었습니다. 물론 여기 온 지가 스무 날이 되지 아니하니까, 약을 흘려 넣어서 살려 내었습니다. 꽃 같은 색시 형제는 거기서 반갑게 만나서 어찌 좋아하는지 몰랐습니다.

나가는 길은 왕자님이 잘 알고 계셨으므로, 왕자님과 색시 삼형제는 오래간만에 바깥 세상에 나와서, 우선 산 밑 조부님에게로 갔습니다. 돈이 많아서 집도 좋아지고, 살림도 넉넉하여졌으나, 손녀딸 생각을 하고 늙은 노인은 혼자 울고 있었습니다.

그러다가, 일시에 돌아온 삼형제를 보고, 어찌할 줄을 모르게 좋아하였습니다. 오래간만에 만난 네 식구가 반갑고 기쁨에 날뛰느라고, 왕자님이 대궐로 돌아가신 것도 모르고들 있었습니다.

산중에 들어가신 후로 종적이 없어서, 근심하던 왕자님이 돌아오셔서, 나라님께서도 어찌 기뻐하시는지 몰랐습니다. 일반 백성들도 왕자님이 없어진 것을 몹시 근심하고 있다가, 이 소식을 듣고 대단히 기뻐들 하였습니다.

4

그러나 큰일 난 것은 요술왕이 아주 죽지 아니하고, 살아난 일이었습니다. 귓구멍에 버들잎이 걸려서 거꾸러졌던 요술왕의 방에 바람이 솔솔 불어 들어와서, 그 귓구멍에 걸렸던 버들잎이 바람에 불려 떨어지자, 요술왕은 벌떡 일어나더니,

"에에, 고년에게 깜빡 속았구나."

하며 투덜투덜하면서 뒤 광에를 가보니까 왕자도 없고 두 색시도 간 곳이 없으므로, 화가 불같이 나서 머리는 하늘로 치 뻗치고, 두 눈은 범의 눈같이 번뜩이면서,

"에에, 요년의 마르자를 잡아다 원수를 갚아야겠다."

하고, 두 주먹을 쥐고 벼르고 있었습니다.

그날 밤이었습니다. 고요히 자던 마르자가 언뜻 보니까, 무서운 악마 요술왕이 시뻘겋게 단 화젓가락[2]을 들고, 두 눈을 호랑이같이 번뜩거리며, 방문을 부시시 열고 들어왔습니다. 그것을 본 마르자는, 그만 죽는 듯이 까무러쳤습니다. 달아나려야 달아날 곳도 없어 하는 수 없이,

"할아버지!"

하고 소리를 치려하였으나, 벌써 요술왕이 바싹 와 서서 한 손으로 모가지를 잔뜩 누르고 화젓가락을 번쩍 치켜들었습니다. 마르자는 그만 정신을 잃었습니다. 꼼짝 못하고 누워서 버둥버둥하는 그의 눈에는 다만 시뻘건 화젓가락 끝이 보일 뿐이었습니다.

"요년! 요 앙큼한 년! 너 하나는 내가 꼭 믿고 잘 길러서 내 아내를 삼으려고, 모든 비밀까지 가르쳐 주었더니, 네가 나를 죽이고 형까지 왕자까지 살려 가지고 도망을 가? 너같이 앙큼한 년은 이렇게 화젓가락으로 두 눈을 지져 죽여야 한다!"

하고는, 그 화젓가락으로 마르자의 눈에 대고 누르려 하였습니다. 마르자는 그만 어찌하는 수 없이 한 손으로 그 시뻘건 화젓가락

끝을 덥석 잡고 억지로,

"에그머니!"

소리를 질렀습니다. 자기 소리에 자기가 깜짝 놀라서 눈을 번쩍 떠 보니까 자기는 머리 위 침대 난간을 붙잡고, 이불을 차내어 던지고, 몸에는 차디찬 땀이 쭉 흘러 있었습니다.

"아아, 꿈이어서 다행하였다. 그러나 정말 그 악마가 살아났으면 어쩌나?"

생각하니까 몸이 쭈뼛하여졌습니다. 공연히 무섭기만 하여 잠은 다시 오지 아니하고 가만히 앉아 있으려니까 옆방인 언니 방에서 별안간,

"에그머니!"

소리치는 언니의 소리가 들리었습니다. 마르자는 벌떡 일어나서 방문을 사르르 열고 맨발로 나가서, 뒤꼍에 가서 버드나무 가지를 꺾어 들고, 사뿐사뿐 다시 와서, 언니 방을 들여다보니까 둘째 언니는 잔뜩 결박을 당하여 쓰러졌고, 정말 요술왕이 지금 버둥버둥하는 큰언니를 비끄러매고 있었습니다.

마르자는 얼른 그 버드나무 가지로 요술왕의 귀를 건드리니까, 요술왕은 그만 큰언니를 묶던 끈을 스르르 놓고 쓰러졌습니다.

마르자는 얼른 그 버들잎을 따서 요술왕 귀에 아주 깊이 틀어 막았습니다. 그리고 할아버지를 일으켜, 쓰러진 요술왕을 잔뜩 얽어매어 놓고, 날이 밝기를 기다려서 대궐로 가서 고하였습니다. 왕자님이 그 소식을 들으시고 병정 여덟 사람을 보내어 그 요술왕을 끓는 기름 속에 넣어서 죽이셨습니다.

그 후부터는 산 속에 잡혀가서 죽는 사람이 없게 되었습니다. 그 후 이레째 되는 날, 나라님 분부로 마르자를 데려다가 큰 잔치를 베푸셨습니다.

일반 백성은 장사와 사무를 쉬고, 이 날을 즐겁게 보내었습니다.

그 후에 두 언니 색시도 다 각각 나라님의 분부로 훌륭한 곳으로 시집을 보내고, 늙은 노인은 대궐 뒤 조그마한 별당에서 한가히 지내게 하셨습니다.

---

1) 기사: 말 타는 무사.
2) 화젓가락: 화로에 꽂아 두고 쓰는 쇠로 만든 젓가락.

한네레의 죽음

-독일 동화

한네레는 돌일 석수장이 마데른의 딸이었습니다. 그러나 마데른이 낳은 딸은 아니었습니다. 한네레의 어머님이 한네레의 언니와 한네레 두 형제를 데리고, 어떻게 살아가는 수가 없어서, 궁리를 하다하다 못하여 언니는 머나먼 프랑스 서울 파리에 있는 아주머님 댁으로 보내고, 한네레를 데리고 마데른에게로 온 지가 3년째였는데, 마데른이 늘 술만 먹고 성질이 사나워서 고생만 하시다가 두 달 전에 그만 돌아가셨습니다.

파리로 가서 길러진 언니는 잘이나 있는지, 견디지 못하게 궁금하지마는, 어떻게 하는 수도 없이 혼자 남은 한네레는 사나운 아버지 마데른의 구박을 받아 가며 그날 그날을 애달프게 지냈습니다.

마데른은 낮이나 밤이나 술집에만 가 있고, 어린 한네레 혼자서 돌아가신 어머님과 파리에 가 있는 언니가 보고 싶어서 울며 지냈습니다. 그러면서도, 어리고 연약한 몸으로 집안을 말끔히 치우고, 조석으로 식사의 준비도 잘 하여 놓지마는 마데른은 술이 몹시 취하여 돌아와서는 무어라고든지 트집을 하여서, 어린 한네레를 사정없이 때려 울려서, 어느 날이든지 눈물 흘리지 않고 지내는 날이 없었습니다.

무섭게 추운 섣달 어느 날 밤 일이었습니다. 창 밖에는 함박눈이 퍼엉펑 쏟아지더니, 게다가 바람까지 또 불기 시작하여 무섭게 춥고, 온 세상이 흔들리는 험한 밤이었습니다.

마데른은 어저께 나가서 술집에 파묻혀 이때까지 돌아오지 아니하고, 무서운 밤하늘과 심한 바람이 한데 몰려서, 방 속에까지 몰려 들어오는 듯한 춥고 무서운 밤을 어린 한네레 혼자 지키고 있었습니다.

아버지는 이때껏 돌아오시지도 않고……, 왜 그렇게 나를 미워만 하고 사납게 구시는지……, 이렇게 춥고 이렇게 무서운 밤에 어머니가 살아 계시고 언니도 같이 있었다면 어머님께서는 바느질을 하시면서, 재미있는 옛날이야기를 해 주시고, 언니와 나는 자리에 누워서 자지 않고 듣고 있었을 것을……. 어머니는 어디를 가셨을까? 남들이 이야기하는 것처럼 저어 하늘 위의 천당에 가 계신지……, 언니는 나처럼 맞지나 않고 잘 지내는지……, 우리 언니도 나처럼 날마다 얻어맞기나 하면 어쩔까? 불쌍한 어린 생각은 무심히 등불만 들여다보면서, 뒤에 뒤를 이어, 사람 그리는 정이 가슴에 넘쳤습니다. 눈은 자꾸 쏟아지고, 밤은 소리 없이 깊어 갔습니다.

한네레는 기다리다 못하여 벌떡 일어나 자리를 펴 놓고 또 기다렸습니다. 그때 문이 부시시 열렸습니다. 들어온 이는 아버지가 아니고, 모르는 병든 이였습니다. 얼른 보기에도 불쌍하고 병든, 길 가는 나그네였습니다.

갈 길은 멀고, 춥기는 하고, 눈은 퍼붓고, 배는 고프고, 더 가는 수가 없어 염치를 불구하고 들어왔으니, 사람을 구원하여 달라고 그 나그네는 애걸하였습니다. 어린 한네레는 자기 설움도 다 잊어버리고, 다만 그 나그네가 불쌍히 여겨지는 마음만 가슴에 가득하여, 저녁도 대접하고 더운 자리에 눕게 하고 싶었습니다.

그러나 사나운 아버지 마데른의 그 무서운 눈이 언뜻 생각났습니다.

"병드신 몸으로 몹시 추우시겠습니다. 정한 자리에 하루를 편히 주무시고 가시게 하였으면 좋겠지만, 저어 저어 우린……, 그렇게 못하겠으니 저녁이나 잡숫고 다른 집에 가 주무시고 가십시오."
하고 저녁을 대접하였습니다. 가련한 병든 나그네는 그것이나마 감사하게 자시고, 뜨거운 차를 후울훌 마시고는 그만하면 살았다는 듯이 기꺼워하면서 나갔습니다.

불쌍한 사람을 그만큼이나마 구원해 줄 수 있었던 것이 한네레에게는 무한 기꺼운 일이었습니다. 더운 차를 마시고 원기가 생겨서 기꺼워하며, 나그네가 나가던 모양을 어느 때까지든지 한네레는 잊지 않고 있었습니다.

밤이 퍽 깊어서 취할 대로 취한 마데른이 돌아왔습니다. 어저께부터 나가 술집에서 있다가 인제야 돌아오는 마데른은 어찌 술을 많이 마셨는지, 코에서 술이 자꾸 흐르는 것 같았습니다. 그리고 그 무섭고 사나운 눈은 한네레에게서 무슨 트집거리를 찾아내려고 흘기는 것 같았습니다.

한네레는 무서워서 아무 말도 못하고 섰었습니다. 아무 트집거리를 찾지 못한 마데른은 상 앞에 가서 쓰러질 듯이 앉으면서 저녁을 가져오라 하였습니다. 한네레는 그 소리에 깜짝 놀랐습니다.

차려놓고 기다리던 저녁은 불쌍한 나그네가 먹고 간 것이었습니다.

큰일 당할 것을 생각하고, 어릿어릿하고 섰는 한네레를 보고,

"어서 가져 와!"

하고 소리쳤습니다. 그리고는, 두 주먹을 불끈 쥐었습니다. 어찌하는 수 없어 한네레는 벌벌 떨면서 사실대로 고했습니다. 트집거리가 없어서 심심해하던 차에 잘 되었다는 듯이 끝까지 채 들을 새도 없이,

"무얼 어째?"

하고 벌떡 일어나 허리를 굽히더니, 발발 떨고 섰는 한네레의 어린 뺨을 불이 나도록 때렸습니다. 가련한 한네레는 소리도 못 지르고 푹 거꾸러졌습니다.

"무슨 일로 주었으며, 그 나그네가 누구냐?"

하면서, 발길로 차다 못하여 기다란 나무때기로 다리, 어깨, 등, 허리, 머리까지 두들겼습니다.

참다 참다 못하여 소리쳐 울었습니다. 아픈 곳에 손을 내어 밀면, 무정하게도 손등까지 휘갈겨서, 어리고 연한 손가락에서 붉은 피가 주르르 흘렀습니다. 어디 아니 아픈 데가 없이 전신이 물에 젖은 솜같이 되어 늘어져서, 가늘고 쇠진한 소리로 에그머니

에그머니 하며 울었습니다. 눈물이 비 오듯 자꾸 쏟아졌습니다.

오시던(내리던) 눈은 그만 그친 것 같았으나, 불쌍한 한네레의 어머니를 부르며 우는 소리는 그치지 않고 처량히 들렸습니다. 그래도 마데른의 귀에는 그 우는 소리가 더욱 골나고 밉게 들리어서, 다시는 보기 싫다고 나가라고 소리쳤습니다.

아무리 울면서 애걸을 하여도 듣지 아니하고, 나중에는 와락 달려들어 신발까지 벗기고 버선까지 빼앗아 문 밖으로 내쫓았습니다. 눈은 허옇게 쌓이고, 밤은 고요하게 깊었습니다. 맨발 벗고 쫓겨난 한네레는 다시는 아니 그러겠으니 문을 열어 달라고 애원하였습니다. 발에서부터 몸뚱이가 점점 얼어 붓고, 바람은 쌀쌀하게 불고……. 영영 아니 열어 주는 문 밑에 서서 한네레는 추위에 떨면서,

"아버지이! 아버지이!"

하고 부르고 있었습니다.

이윽고, 안에서는 마데른이 자는 가 봅니다. 들창에 비치던 불까지 꺼져 버리고, 조금 후에는 마데른이 코 고는 소리가 드르렁 드르렁 들려 나왔습니다.

세상은 죽은 듯이 고요할 뿐인데, 다만 어린 한네레가 문 밑에

서 아버지 부르는 소리만 처량하게 밤하늘에 멀리까지 들려갔습니다.

아무리 아무리 불러도 대답이 없고, 어떻게 하는 수가 없었습니다. 이때까지 그 구박을 받으면서 살아오기는 어린 생각에도 어머니는 영영 돌아가셨거니와 언니는 살아 있으니, 어느 때든지 만나서 정답게 살 수가 있으려니 하는 소원이 있는 까닭이었습니다.

인제는 집에서도 쫓겨나고, 밤은 자꾸 깊어 가고 하니, 이대로 섰을 수도 없고 그렇다고 이 넓은 세상 누구에게라도 갈 곳도 없고, 발 한 걸음 내어 놓을 방향이 없이 한 발 두 발 내놓으면서 어린 가슴 타는 더운 눈물은 하염없이 자꾸 흘렀습니다.

그러나 아무 데로나 자꾸 갈밖에 없었습니다. 자꾸 자꾸 가면, 그리운 그리운 언니를 만날 수 있겠지 생각하였습니다. 작고 연약한 어린 맨발로 하얗게 쌓인 눈을 바삭바삭 밟으면서, 어딘지 모르고 눈 위로 자꾸 걸었습니다. 어머니 생각과 언니 생각에 눈물은 하염없이 자꾸 흘렀습니다.

걸으면서 울면서, 울면서 걸으면서 한참이나 가다가 크디큰 호수라고 해도 좋을 큰 연못가에 이르렀습니다. 연못 가장자리에는 얼음이 얼었어도 가운데는 얼지 아니하였습니다.

1편_ 사랑의 선물

한네레는 우두커니 서서 연못물을 보았습니다. 눈은 하얗고 밤은 고요하고, 어쩐지 그 연못에서 어느 누군지, 예쁜 여자가 천당의 노래를 부르는 것 같았습니다. 어린 한네레는 그 소리에 마음이 쏠려서, 그냥 그 노래 소리를 따라 터벅터벅 걸어가서 연못물에 풍덩 들어가 버렸습니다.

슬프고 아프고 한 이 세상을 떠나서, 천당에 가서 어머님도 뵈옵고, 어머님 옆에서 따뜻하게 살고 싶어서 어린 생명이 죽은 것이었습니다.

불쌍한 한네레가 다시 눈을 떴을 때는 벌써 동네 사람들에게 건져져서 그 이들이 사는 빈민원의 한 구석방 침대 위에 누워 있을 때였습니다. 조용하고 깨끗한 방 한편에 자기가 누워 있고, 누워 있는 머리맡에 촛불이 화안하게 켜 있고, 그리고 자기 침대 옆에 늘 길거리에서 보던 소학교 교장 선생님이 손목을 잡고 가만히 앉아 계셨습니다.

이 집 빈민들과, 이 선생님의 지극히 친절하신 사랑과 정성으로 구원해 주셨을 뿐 아니라, 워드 선생님께서는 선생님 따님의 옷까지 벗겨다 젖은 옷과 바꿔 입혀 주시고, 자기 외투까지 벗어서 덮어 주시고, 의사를 급히 불러 속히 주선하신 덕에 거의 다 죽었던 한네레가 다시 살게 된 것입니다.

오히려 여러 사람이 옆에 있는 것이 해로울까 하여 모두들 물러가서, 되도록 이 방을 조용하게 하고 교장 워드 선생님만 앉아 계신 것이었습니다. 간신히 눈을 뜬 불쌍한 한네레는 물끄러미 워드 선생님을 보더니,

"에그, 우리 아버지가 여기는 아니 왔습니까? 네? 에그 무서워!"
하면서 무서워하였습니다. 교장 선생님은 그 소리를 듣더니 그만 눈물이 글썽글썽해지면서 그윽이 고요하고 다정한 음성으로,

"오오, 여기는 너의 아버지가 오지 않았다. 안심하여라. 이 집에 있는 사람들은 돈은 없어도 마음만은 끔찍이 착하고, 사랑 많으신 이뿐이다. 오오, 한네레야, 아무 걱정 말고 어서 잠이 들어라, 으응. 잠이 들어야 얼른 낫는단다. 아아, 손에서 그저 피가 나는구나."

"에그, 그 아버지가 여기는 오지 않았으면……. 네, 선생님! 오더라도 선생님께서 못 들어오게 해 주서요."

"오오, 염려 마라. 오더라도 내가 못 들어오게 할 테니 안심하고 어서 자거라. 잠이 잘 들어야지 얼른 낫지."

안심하는 듯이 한네레는 잠자코 눈을 감아, 잠이 오는 듯하더

니 다시 눈을 뜨고 선생님을 보면서,

"그런데 죽어서 천당에를 가면 거기서 어머니를 만나서 같이 살 수가 있다더니, 암만해도 천당도 안 뵈고, 어머니도 못 만났어요, 어떻게 하면 어머니를 만납니까, 네? 어머니를 만나든지 언니를 만나든지……."

"천당에 가서 어머니를 만난다는 것은 거짓말이란다. 그것 봐라. 너 이번에 천당에 가려고 죽으니까, 어디 천당이 있니? 다시는 그런 말 듣고 그런 일 하지 마라. 그래도 살아 있어야 어머님을 생각할 수도 있고, 어머님 꿈이라도 꿀 수가 있지. 죽어 버리면 그도 저도 다 못한다. 그나마도 생각할 수도 없고, 꿈에도 볼 수가 없고……. 네가 살아 있어서 늘 잊지 않고 어머니를 생각하고 있으면, 그 생각되는 어머니는 늘 네 맘을 떠나지 않고 계시지. 네가 죽으면, 그도 저도 그만 아니냐? 자아, 그 이야기는 그만두고 조용히 잠이 들도록 하여라!"

한네레는 푹 가라앉은 몸을 까딱 못하고, 누워서 한숨을 가늘게 쉬더니, 눈을 스르르 감았습니다. 간신히 한네레는 잠이 들었습니다. 숨소리도 안 들리게 잠이 들었습니다. 선생님은 한네레의 잠든 것을 보고는 가만가만 발소리 없이 밖으로 나갔습니다.

방 속이 죽은 듯 고요하였습니다. 쓸쓸한 듯이 혼자 발발 흔들리고 있던 촛불이 저절로 부시시시 꺼져 버리고, 방 속이 캄캄하여졌습니다. 아무 소리도 없이 캄캄한 방 속이 고요하였습니다.

그러더니, 별안간에 어디서 왔는지 무섭고 사나운 마데른이 한 팔은 부르걷고[1], 한 손에 몽둥이를 들고 나타났습니다. 얼굴은 술을 먹어 그런지, 붉고도 통통 부어 짐승 같고, 크고 무서운 두 눈을 사자같이 굴리며, 입을 악물고 달려들 듯이 섰습니다.

한네레는 침대 위에서 소리도 못 지르고, 발발 떨고만 있었습니다.

"무엇? 내가 그렇게 무서워? 너를 구박했어? 네가 내 자식이야? 내 자식이야? 안 일어날 터이냐? 어서 일어나서 불을 지펴라. 안 일어나면 죽일 터이니!"

하는 소리에 한네레는 늘 집에서 하듯이 침대에서 뛰어내려서 화덕을 찾다가 그냥 쓰러져 버렸습니다.

그때 마침 소학교 선생님이 들어오셔서, 불 꺼진 것을 보고 곧 촛불을 켰습니다. 불을 켜고 꼼짝 못하는 병자 한네레가 침상에서 내려와 쓰러져 기절한 것을 보시고, 깜짝 놀라, 안아서 침대 위에 뉘었습니다. 그러는 중에도 한네레는 버둥버둥하면서,

"에그! 아버지이, 아버지이."

하고 소리치며, 애원하는 소리를 질렀습니다.

"아니다, 나다 나야. 교장 선생님이 잠깐 일이 계시다고 해서 내가 왔다."

"에그, 선생님! 아버지가 갔습니까?"

"으응? 아버지가 언제 왔었니?"

"지금 와서 나를 몹시 때리려구 했는데요. 아주 갔습니까?"

"아마 네가 꿈을 꾸었나 보다. 아무도 오지 않았다. 어서 잠을 자거라."

"아아, 무서워……, 아버지, 무서워……."

"내가 옆에 있으니까 괜찮다. 어서 잠이 들어라. 그래야 얼른 낫지."

"또, 그런 꿈을 꾸면 어쩝니까?"

"아니다. 인제는 그런 꿈이 아니 온다. 아무 생각을 말고 조용히 잠만 들어라!"

한네레는 또 한 번 한숨을 가늘게 휘 쉬고 스르르 눈을 감았습니다. 잠드는 사람같이 힘없이 가볍게 두 눈을 조용히 감은 한네레의 귀에는, 어디서인지 모르게 여러 아이들의 노래가 가늘게 멀리 들렸습니다.

자아장 착한 아기 잠 잘 자거라.

뒷동산에 눈이 와서 희기도 하다.

하늘에서 내려온 눈님의 아기,

소리 없이 누워서 잠도 잘 잔다.

자아장 착한 아기 잠 잘 자거라.

한네레의 귀에는 이 노래가 얼마나 곱고 아름답게 들렸겠습니까? 아무 생각 없이 정신이 맑아서 듣고 있었습니다. 그러다가 그 노래가 다시 들리지 아니하게 되니까 그 노래를 한 번 더 들려 달라고, 여선생님에게 청하였습니다. 그러나 여선생님께선 지금 그 소리가 들리지 아니하였으므로 무슨 노래냐고 물으셨습니다.

"자아장 착한 아기라 하는 노래."

라고 하니까, 여선생님은 어서 잠들라고 불을 끄시고, 그리고 고운 음성으로 노래를 부르셨습니다.

사랑 많으신 여선생님이 잠들기만 바라는 정으로 부르시는 맑고 고운 노랫소리는 조용하고 컴컴한 속에 깨끗이 울렸습니다. 어린 한네레는 또 노랫소리를 아무 생각도 없이 듣고 있더니 이윽고 사르르 잠이 들었습니다.

여선생님은 노래를 그치고, 고개를 숙이고, 가만히 계셨습니다. 그윽이 고요하였습니다.

선녀같이 부스스 소리도 없이 캄캄한 속에서, 하얀 옷 입은 어여쁜 색시가 침대 옆으로 나타났습니다. 그리고 한참이나 머뭇머뭇하다가 가늘고 어여쁜 목소리고,

"한네레야, 한네레야."

하고, 불렀습니다.

"에그, 언니!"

소리를 쳤습니다. 거기는 과연 한네레가 이때까지 기원하던 언니가 온 것이었습니다. 몸을 꼼짝 못하였습니다. 반갑고 기꺼운 한편에 이때까지 고생하면서 살던 설움이 북받쳐 그냥 누운 채로 눈물이 펑펑 쏟아졌습니다. 측은한 그 꼴을 보고, 언니는 그만 아무 인사도 못하고 울기만 하였습니다.

"언니이, 이때까지 어떻게 어떻게 언니가 보고 싶었는지 모르우. 어머니가 안 계시고, 보고 싶은 이가 언니 하나밖에 없었어요."

"오오, 한네레야, 아버지도 없고 어머니도 없이 나 역시 이 세상에서 너 하나를 어떻게 보고 싶어 하였는지 모른다. 밤이나 낮이나 남 아니 보는 데서 나는 이날까지 울면서만 지냈단다. 한네레

야, 그래도 너는 어머니나 모시고 같이 있었지. 나는 단 혼자서 쓸쓸하게만……"

"그래도 어머니 돌아가신 후에는 어떻게 견딜 수 없이 매를 맞았는지, 날마다 눈물이 마르는 때가 없었어요. 그럴 적마다 어머니 생각과 언니 생각이 어떻게 나는지 견딜 수 없었어요. 언니는 그렇게 맞지는 않고 살았겠지요?"

"오오, 한네레야, 나는 구박을 받다 못해서 굶어 죽었단다."

"으응? 굶어 죽었어요? 아아, 언니마저……, 언니마저 죽었구려."

"오오, 한네레야, 나는 죽은 혼이란다."

"아아, 언니……."

두 줄기 피나는 눈물은 비 오듯 흘렀습니다. 그 중에도 언니마저 잃고, 영영 홀몸이 된 어린 한네레의 애달픈 눈물이 한이 없이 자꾸 흘렀습니다. 언니의 혼은 눈물을 씻고 이야기를 이었습니다.

"파리 시가가 그렇게 번화한데도 나는 구경 한 번도 하지 못하고, 이른 아침부터 밤이 깊기까지 집안일을 온통 다 하여도 그래도 매는 매대로 맞고, 밤이면 고단하여 졸기만 하여도 바늘이 손을 찔러서 어느 날 손에서 피 아니 나 본 적이 없었단다. 겨울이 되어도 털옷커녕 버선 한 짝 신어 보지 못하고 지냈단다. 아아, 한네레야, 그럴 적마다 나는 창가에 홀로 앉아서 얼마나 슬퍼서 울었는지 모른다. 그나마 그래도 억지로 억지로라도 참아 가다가, 이 한 달 전에는 병이 대단히 나서, 참고 일을 할 수가 없어서 누워 있었더니, 꾀를 핀다고 바늘로 하도 찌르기에 견딜 수 없어서, 죽기를 결단하고 일어나서 일을 하다가, 병이 점점 대단해져서 아주 쓰러져 주었더니, 약 한 첩 지어다 주겠니, 물 한 그릇을 데워다 주겠니. 다만 혼자 아픈 몸을 가지고 몇날 며칠 밤을 울었는지 모른단다. 약은 아니 주더라도 조석이나 잘 주었으면 그래도 살았을는지 모를 것을, 일 아니 하는 애는 굶겨야 한다고 내버려 두어서, 닷새를 굶고는 그냥 죽었단다. 나는 이왕 그렇게 죽었거니와 네가 마저 이 지경이 되어서 어쩌잔 말이냐?"

"아아, 언니이, 언니마저 죽고, 나 혼자 어떻게 살라구."

"그러면 어쩌니? 너 하나는 잘 살아야지. 죽기 전까지는 어떻게 하든지 이렇게 고생을 하다가도, 어느 때든지 보고 싶은 한네레와 만나서 잘 살 때가 있겠지 하였더니, 그만 만나지도 못하고 죽어서……, 어떻게 유한[2]이 되는지 모르겠다. 그렇지만 이렇게 죽은 후에야 유한이 된들 어떻게 할 수가 있어야지. 잘 있거라, 나는 가야 한다. 부디 잘 있거라."

하고는, 연기같이 스르르 사라져 버렸습니다. 한네레는 역시 몸은 꼼짝을 못하면서, 언니 섰던 곳을 한참이나 물끄러미 보고 있다가 한숨을 휘이 쉬고,

"아아, 인제는 한 가지 소원도 끊어지고 말았다. 이날 이때까지 그 고생을 하면서도 언니 하나를 만나려고 참고 참고 해 왔더니 언니까지 죽어버리고……, 이 넓은 세상에 누구를 바라고 살겠니? 아아, 물에 빠졌을 때에 아주 죽어 버렸더라면 좋았을 것을……. 선생님, 선생님!"

하고, 부르는 소리에 여선생님은 고개를 번쩍 들고,

"으응, 왜 안 자니?"

"선생님, 불을 켜 주세요."

선생님이 불을 켜 놓으시고,

"그렇게 잠이 아니 와서 어쩌니……. 잠을 잘 자야 낫는다는데……."

"선생님, 감사합니다. 그러나 저는 영영 죽겠습니다."

"응? 왜 그런 소리를 하니? 그런 생각을 해서는 못쓴다. 어서 나아서 남처럼 공부도 하고 해야지."

"선생님, 저는 공부를 시켜 줄 사람도 없고, 기뻐해 줄 사람도 없고, 제게는 못살게 구는 사람밖에는 아는 이가 없습니다. 선생님, 저의 언니가 한 달 전에 굶어 죽었대요."

"무어? 그게 무슨 소리냐? 또 꿈을 꾸었니, 응?"

그러나 다시는 아무 말이 없었습니다.

그러자, 의사가 약병을 들고 들어왔습니다. 진맥(진찰)을 해 보고는, 고개를 좌우로 흔들며 근심하는 모양이더니 여선생님께 약 먹일 일을 부탁하고 나갔습니다.

여선생님은 약을 컵에 따라 한네레에게 권하였으나 한네레는 일체 입을 대지 않았습니다. 눈을 꼭 감고 가만히 누웠습니다. 또, 먼 데서 부르는 노랫소리가 가늘게 가늘게 한네레의 귀에 들려왔습니다.

자아장 착한 아기 잠 잘 자거라.
아픈 생각 슬픈 울음 울지를 말고,
따뜻하고 깊이 없는 꿈속의 나라.
소리 없이 조용하게 잠 잘 자거라.
자아장 착한 아기 잠 잘 자거라.

아름다운 노랫소리를 듣고 또다시 한네레는 잠이 소올솔 들었습니다. 희고 고운 날개 달린 아이들이 어린 한네레의 침대를 에워싸고 돌면서 춤을 추더니, 이윽고 그나마도 사라져 버리고 다시 방 속은 무섭게 조용한 속에 가라 앉았습니다.

아아, 이번에야말로 어린 한네레는 잠이 깊이 들었습니다. 영영 깨지 아니하는 깊은 꿈속에 들었습니다. 괴롭고 아프고 쓸쓸하던 섧던 짤막한 일생을 마치고 이렇게 죽어 간 어린 한네레는, 교장 선생님과 여선생님과 빈민원 어린 학생들이 울면서 부르는 노랫소리를 들으면 긴긴 꿈속 나라로 들어갔습니다. 가장 섧게 가장 애달프게 눈물의 세월을 보내던 어린 동무 한네레는, 사랑하시는 어머님과 그립고 그립던 언니의 꿈을 따뜻이 꾸면서, 마지막 듣던 노래를 늘 듣고 있을 것입니다. 어느 때까지든지 어느 때까지든지……..

---

1) 부르걷다: 옷의 소매를 힘 있게 걷어 올리다.
2) 유한: 생전의 남은 원한.

어린 음악가

-프랑스 동화

소녀 에르지가 열한 살 되는 해 생일날 밤이었습니다. 밖에는 캄캄한 밤인데 비가 주룩주룩 오고 있었습니다. 에르지는 아버지 크레븐 박사와 둘이서 생일의 축하 음식을 먹으면서 즐겁게 이런 이야기 저런 이야기 하다가 언뜻 생각이 난 듯이,

"아버지, 나는 오늘도 학교에서 음악을 연습하였어요."

하고는, 다시 아주 낙심되는 듯한 소리로,

"그런데 아버지, 나는 암만해도 바이올린이 잘 안 되어요. 아마 못 배우고 말 것 같아요."

하니까,

"아니."

하고, 박사는 웃으시면서,

"아직 처음이니까 그렇지. 처음부터 잘 되는 일이 어디 있겠니."

하셨습니다.

그렇게 박사가 말씀할 때에 마침 문 밖에서 가늘게 바이올린 소리가 들려왔습니다.

"에그, 누군지 길거리에서 바이올린을 탄다. 잘하는 모양인데……."

박사는 가만히 앉아서 귀를 기울여 들으면서 이렇게 말씀하셨습니다.

에르지도 가만히 앉아서 눈만 깜박깜박하며 듣고 있다가 얼른 들창 옆으로 가서 포장을 조금 헤치고 캄캄한 바깥을 내다보고 섰더니,

"에그, 아버지, 조그만 아이가 비를 맞고 서서 켭니다."

"응, 아이야? 어서 돈을 갖다 주어라."

"바이올린도 잘 타는데요. 저것 보세요. 아주 좋은 곡조인데요."

밤은 어둡고 비는 주룩주룩 오고……, 그 비를 맞고 서서 타는 불쌍한 어린 소년의 바이올린 소리는 가늘게 떨면서 슬프게 우는 소리처럼 들렸습니다. 에르지는 아버지에게로 와서 그 가슴에 매어 달리며,

"아버지, 저 아이를 이리로 불러서 내 생일 음식을 먹이지요,

네? 아버지, 바깥은 저렇게 추운데, 그 비에 몸이 흠뻑 젖어서 좀 춥겠어요? 네, 아버지, 이리로 불러 들여와요."

하고, 애원하였습니다.

박사는 빙그레 웃으면서 허락하는 고개를 끄덕이셨습니다. 에르지는 난 지 얼마 되지 않아서 어머님이 돌아가시고 혼자 자라는 불쌍한 아이였습니다. 박사는 몹시 귀엽게 여기고 길러서, 에르지를 위해서는 어떠한 일이든지 힘써 하여 왔습니다.

부모 없는 어린 아이를 구해 주기도 하고, 어미 잃은 고양이나 강아지까지라도 일일이 구원하여 주었습니다. 그래서 오늘 밤에도 에르지의 말을 듣고 즉시 허락할 뿐만 아니라 자기가 데리러 나갔습니다. 나가 보니까 조그만 어린아이가 몸과 얼굴은 마르고, 찢어진 옷을 입고 비를 맞고서 바이올린을 타고 있었습니다.

소년은, 이 집에서는 돈도 한 푼 주지 않는 줄 알았더니 주인이 나와서 들어오라고 부르는 소리를 듣고 굽실굽실 하면서 그리고 기꺼워하면서 바이올린 옆에 끼고 따뜻한 불을 피운 방으로 들어왔습니다.

에르지는 한없이 기꺼워하면서 따뜻한 불 옆으로 의자를 갖다 놓아 주면서 앉히었습니다. 소년은 바이올린을 방바닥에 놓고 불을 쪼였습니다. 그 젖은 옷과 몸에서는 연기 같은 김이 무럭무럭 올랐습니다.

박사는 차와 과자를 내고, 에르지는 자기 음식을 내고 그러고 나서 박사는 묻기 시작하였습니다.

"네 이름은 무어라고 부르니?"

"루이 루부렌이에요."

하고, 그 아이는 프랑스 말로 대답했습니다.

"응? 프랑스 사람이냐?"

박사도 이번에는 프랑스 말로,

"나하고 이 에르지도 프랑스 사람인데 이렇게 영국 와서 산단다. 아이 퍽 반갑다."

하였습니다.

루이의 얼굴은 의외의 자기 나라 말을 듣고 기꺼운 빛이 나타났습니다. 그는 자기 신세 이야기를 하였습니다. 나이는 열두 살이고, 어머니 아버지는 돌아가시고……, 아저씨를 따라서 일 년 전에 영국 땅으로 온 것까지 이야기하고, 길거리에서 바이올린을 하기는 죽기보다 싫지마는 돈이 없으니까 어쩔 수도 없거니와, 아니하면 아저씨가 때려 준다는 말까지 자세히 하였습니다. 눈만 말

똥말똥하면서 듣고 있던 에르지는 퍽 불쌍하게 생각하였습니다.

박사도 퍽 불쌍하게 생각하였습니다. 박사도 몹시 불쌍하게 생각하면서 한참이나 귀를 기울이고 들으면서 루이가 음식을 다 먹기를 기다려,

"자아, 인제 무엇이든지 네가 제일 잘 타는 것을 한 곡조 들려다오."

하였습니다.

"잘 타지는 못합니다."

하고, 루이는 부끄러운 얼굴로,

"바이올린이 아주 나빠서요."

하면서, 집어 드는 루이의 바이올린을 보니까, 참말 다 쪼개져서 못 쓰게 된 아주 헌 것이어서 말만 바이올린이었습니다.

"그럼, 내 것으로 타 보렴!"

하고, 에르지는 자기 바이올린을 내어 주었습니다.

루이가 그 바이올린을 보자, 눈에 새 광채가 났습니다. 그 바이올린은 참 훌륭한 보물이었습니다. 루이가 이때까지 말로만 듣던 으리으리한 좋은 바이올린이었습니다.

루이는 그 꿈에도 못 보던 훌륭한 바이올린을 주의하여 받아

들더니, 웃는 얼굴로 박사를 보고,

"오늘은, 오래 두고 타지 않던 우리나라 국가를 켜지요."

에르지는 그 말을 듣고 기뻐서 뛰고 싶었습니다. 박사도 이 영국에 온 후로 오래 두고 듣지도 못하던 자기 나라 국가를 듣게 되어서 무한 기꺼워하였습니다.

훌륭한 바이올린의 줄 위에 기꺼움과 피로써 뛰는 루이 소년의 손가락과 활 밑에서 숭엄한 프랑스 국가가 흘러나왔습니다. 높게, 낮게, 길게, 짧게, 힘 있게 나오는 바이올린 소리는 조용한 방 속의 구석구석이 울리고, 눈을 감고 죽은 듯이 앉아서 바이올린 소리에 취한 박사와 에르지는 어느 틈에 자기도 모르게 가는 목소리로 바이올린에 맞춰서 국가를 합창하고 있었습니다.

1편_ 사랑의 선물

참으로 루이의 재주는 희한하였습니다. 바이올린 연주가 끝나자,

"너 누구에게 그렇게 배웠니?"

"아무에게도 배우지 않았습니다. 맨 처음에 줄 고르기는 돌아가신 아버지가 일러 주셨으나, 지금 아저씨는 그것도 모르시니까요. 가르쳐 주지는 않고 돈만 벌어 오라구 하신답니다."

"그럼, 내 대신 우리 학교에 가 배우면 되겠지."

하고, 에르지가 말하였습니다. 박사는 루이에게 더 이런 말 저런 말 물어보았습니다.

그래서 루이에게 자기 집 주소를 적어 주고, 내일 오후에 너의 아저씨와 함께 놀러 오라고 일렀습니다.

그러자 박사는 잠깐 어느 회에 참례할 시간이 되어서 잠깐 다녀올 것이니 여기서 둘이 놀고 있으라 이르고 나갔습니다.

에르지와 루이는 난로 앞에서 불을 쪼이고 있다가 잠깐 후에,

"인제 나는 얼른 집으로 가야 해. 늦게 가면 아저씨가 또 때리신단다. 오늘 번 돈을 가지고 어서 가야지 맞지를 않지……."

그 말을 듣고 에르지는 마음이 퍽 서러워졌습니다.

"너의 아저씨가 너를 그렇게 미워하니?"

"미워하는지는 몰라도 돈을 적게 벌어 온다고 때린단다. 어저께

도 이쪽 어깨를 못 쓰도록 맞았단다."

"그럼, 오늘은 내 돈을 모두 줄 테니 그걸 가지고 가거라. 그래
야 오늘은 안 맞지, 응! 자아 옛다."

하고, 주머닛돈을 모두 꺼내어 주었습니다. 루이는 아무 말 아니
하고 고개를 숙이고 받았습니다. 그리고 그 바이올린을 차마 떠
나기가 안 된 것같이 섭섭하게 내려놓으면서,

"이 다음에라도 이런 바이올린을 또 한 번 타게 되었으면 좋
겠다."

하며, 중얼거렸습니다.

"괜찮다, 응. 괜찮아."

에르지는 바이올린을 루이에게 주면서,

"자아, 오늘 밤에는 이 바이올린을 가지고 가서 타고 내일 가지
고 오렴, 응? 자, 가지고 가거라!"

"아버지께서 꾸중 아니 하시니?"

"아버지가? 아아니! 걱정 말고 가지고 가거라, 응."

하고, 에르지는 갑까지 꺼내어서 바이올린을 갑 속에 넣어서 주
었습니다. 루이는 미안해하면서 받아들고 몇 번이나 절을 하면서,

"그러면, 내일은 꼭 가지고 올게!"

하고, 집으로 돌아갔습니다.

　에르지는 부모도 없이 거지 노릇을 하는 불쌍한 루이의 돌아 가는 것을 물끄러미 보면서 눈물을 흘렸습니다.

　얼마 아니 되어서 박사가 돌아와서 에르지 혼자 있는 것을 보고,

　"응? 루이는 어디 갔니?"

하고, 물으므로,

　"늦게 가면 매를 맞는다고 얼른 가야 한다고 돌아갔답니다."

라고, 에르지가 여쭈었습니다.

　"그 애가 몹시 영리하던데……."

하시고, 다시 이어서,

　"알아보아서 만일 상당한 아이 같으면 내가 공부를 시켜 주련다."

　"아아, 아버지!"

하고, 에르지는 그 말씀을 감사하게 여겼습니다.

　그러나 그때 그 옆 의자에 쪼개진 바이올린이 놓여 있는 것을 보자,

　"에그!"

하고 놀라면서,

　"그 애가 바이올린을 잊어버리고 갔나?"

"아니요, 잊어버리고 간 것이 아네요."

하고, 방그레 웃으면서,

"아버지, 제가 그 바이올린을 빌려 주었습니다. 내일 꼭 가져 오기로 하였어요!"

하였으나, 박사는 그 말을 듣고 또 놀라시었습니다.

"그것 큰일 났구나. 그 바이올린은 대단히 비싼 귀물인데…….
지금은 그렇게 좋은 것을 살래야 살 수가 없는 것이란다. 그 아이가 만일 정직하지를 못한 애라면 어쩌니."

"그런 그런 나쁜 아이는 아니야요."

"네가 어찌 아니……."

"그래도 그렇게 나쁜 애 같지 않던데요. 그리고 우리나라 아이구요."

"그렇지만 만일 안 가져오면……."

박사는 기운 없는 소리로 이 말을 하고는 다시는 아무 말도 아니 하였습니다. 에르지는 아무 말도 아니하고 있었습니다. 그의 눈에는 불쌍한 루이의 모양이 잠시도 떠나지 않고 보였습니다.

그러나 불행하기도 하지요. 박사의 염려하던 말씀이 들어맞아서, 루이는 그 이튿날 오지를 않았습니다. 해가 지고, 밤이 되고,

그 밤이 깊도록 영영 루이는 오지 아니하였습니다.

그 이튿날 오후에 박사가 그 애 아저씨 집이라던 곳을 찾아가 보니까, 루이 아저씨와 루이가 그 집에 살기는 하였으나, 바로 어저께 어디론지 이사를 갔다고 하여, 그냥 돌아오고 말았습니다.

루이 혼자도 아니고, 그 아저씨 집과 함께 루이는 어디로 갔는지……. 에르지는 아버지께 몹시 미안하기는 하였으나, 아무리 생각하여도 루이는 그런 나쁜 짓을 할 아이는 아니었습니다. 그리고 더구나 루이 혼자 어디로 간 것도 아니고, 그 아저씨 집과 한꺼번에 어디로 갔을 때는 아마 루이도 어쩔 수 없이 그냥 끌려가게 된 것이 틀림없다고 생각하였습니다.

박사도 에르지가 언짢아할까 겁이 나서 다시는 그 바이올린 이야기를 하지 아니 하였습니다. 에르지도 다시는 그 바이올린 생각을 아니 하였습니다.

그러나 대체 그 불쌍한 루이는 그 사나운 아저씨를 따라서 어디로 가서 어떻게 사는지……, 반드시 그 어느 곳에서 루이는 길거리에서 바이올린을 타겠지, 생각하며 궁금해 하고 있었습니다.

어느덧 다섯 해가 지난 어느 날이었습니다. 꽃같이 어여쁘게 훌륭한 색시가 된 에르지는 유명한 음악가들만 출연하는 음악회가 있었으므로 아버지 크레븐 박사와 함께 가서 맨 앞줄에 앉았습니다.

"에그, 아버지! 이것 보세요. 이상도 한데요!"

하고 순서지(프로그램)를 들고,

"이번에는 바이올린인데 루이 루부렌이랍니다. 그때 그 루이하고 이름이 어쩌면 이렇게 같을까요."

"글쎄……."

이야기하는 중에 손뼉 치는 소리가 우레같이 일어나서 졸지에 이 집이 떠나 가는 것 같았습니다. 전 번보다 몇 갑절 더 심한 박수 소리에 고개를 번쩍 들고 박사와 에르지도 쳐다보았습니다.

이날 출연하는 모든 유명한 음악가 중에서도 제일 유명한 어린 음악가, 열일곱 살 먹은 소년 루이 루부렌이 등장하는 것을 보고 환영하는 박수였습니다. 끓는 듯한 환영을 받고 쾌활하게 나서는 어린 음악가의 어여쁜 얼굴은 틀림없는 5년 전 루이였습니다.

에르지의 얼굴은 공연히 화끈화끈하고 가슴이 무서워하는 사람처럼 뛰놀았습니다.

그리고 아버지의 손을 꼬옥 잡고 나직한 소리로,

"루이에요, 루이에요!"

하였습니다.

　루이는 과연 천재 음악가로 성공하였습니다. 무르녹는 손, 익숙한 연습, 높고 낮게 달밤에 물 흐르는 소리같이, 꽃밭에 바람 부는 소리같이 곱게 아름답게 흐르는 소리에 그 많은 청중은 마음이 취하여 바이올린이 끝나도록 죽은 사람같이 앉았다가 다시 손뼉을 울려서, 다시 한 번 타기를 청하였습니다.

　하도 열성으로 청하니까 루이 소년은 또 나왔습니다. 청중에게 예를 하노라고 고개를 숙일 때, 언뜻 눈에 뜨인 것은 반가운 반가운 에르지와 그 박사였습니다. 루이는 예를 하다 말고 무대 앞으로 바싹 나아갔습니다. 역시 박사와 에르지였습니다.

　루이는 반가워서 어쩔 줄을 모르는 것 같더니, 이윽고 얼굴에 가득하게 웃음을 띠고 타기 시작한 노래는 5년 전 은인의 집에서 타던 반가운 반가운 프랑스 국가였습니다.

　박사의 두 눈에서는 눈물이 방울방울 흘렀습니다. 이윽고 국가도 끝났습니다. 손뼉 소리는 또 퍼부어졌습니다. 루이는 그 퍼붓는 손뼉 소리 속에 내려왔습니다. 그러나 무대 뒤로 내려오지 아니하고 앞으로 내려가서 박사와 에르지를 만나서 반가운 인사를 바꾸었습니다.

모든 사람의 눈동자는 루이와 함께 박사와 에르지에게 쏠렸습니다. 에르지의 손을 잡을 때에 루이의 눈에는 눈물이 고여서 뺨으로 주르르 흘렀습니다. 루이는 두 분을 청하여 무대 뒤 응접실로 안내하였습니다.

다섯 해의 기나긴 세월을 두고, 그렇게 만나고 싶고 보고 싶던 에르지와 그 아버님을 우연히 오늘 이곳 청중에서 발견하고, 루이는 그 자리에서 뛰어내릴 뻔하였던 이야기를 하고 나서, 그때 그 밤에 바이올린을 빌려 가지고 가서 그 이튿날 도로 가져오려고 하였으나, 그 사나운 아저씨가 무리로 그 바이올린을 빼앗아서 갖다 팔아 가지고 곧 집을 떠나서 리버풀로 가서, 거기서 또 미국으로 건너갔었노라고, 5년 전 일을 자세히 이야기하였습니다.

그리고 미국 가서도 퍽 고생을 하다가 마침 어느 훌륭한 사람에게 구원을 받아서, 그 분의 주선으로 훌륭하게 음악을 연구하여서 지금은 아주 음악가로서 출세하였노라는 이야기를 하였습니다. 에르지는 그 말을 듣고 자기가 잘 된 것 같이 기뻐하였습니다.

루이는 그 후에라도 에르지네 집을 찾아가거나 또는 편지라도 자주 하려하였으나, 불행히 그때 적어 준 쪽지를 잃어버려서 이때까지 무심히 지내게 되었다는 말까지, 자세하게 진심으로 이날

이때까지 어디서든지 만나게 되기를 바라고 있었던 일을 이야기
하였습니다.

그날은 이곳 각처의 환영회에 가느라고 바빴고, 그 이튿날 루이
는 좋은 바이올린을 선물로 가지고 가서 에르지 색시에게 주었습
니다. 에르지는 그것을 받고 자기 방 장 속에 이날 이때까지 위하
고 위해 두었던 루이의 기념물 쪼개진 바이올린을 내보였습니다.

박사와 에르지 색시와 루이가 5년 만에 이 방에 모여 즐겁게 이
야기하고 있는 그 창 밖에는 오늘도 비가 주룩주룩 오고 있었습
니다.

잠자는 왕녀

-독일 동화

옛날 옛적 또 옛적에, 어느 나라님 내외분이 아드님도 따님도 한 분도 없으셔서 늘 근심을 하고 계셨습니다. 그래서 매양 두 분이,

"어떻게든지 어린애를 하나 낳았으면 원이 없겠는데."

이렇게 탄식은 하시나 아무 소용도 없었습니다.

그러나 하루는 왕비님이 목욕을 하시는데, 난데없는 개구리 한 마리가 물 위에 튀어나와서 머리를 조아리며,

"왕비님 왕비님! 착한 왕비님! 왕비님은 착하시니까 일 년 내로 소원을 이루시게 됩니다!"

하였습니다.

이상하게도 그 개구리의 예언이 들어맞아 왕비님은 어여쁜 따님을 낳으셨습니다. 오래 바라던 소원을 이룬 것이 기뻐서 잔

1편_ 사랑의 선물

치를 크게 차리시고, 온 백성에게 모두 음식을 내리시고, 대궐 잔치에는 모든 신하와 또는 나라님과 친하신 이를 청하시고, 또 그 외에 갓난 왕녀의 수명을 빌기 위하여 전국에 있는 요술 할멈들을 모두 불렀습니다.

그때, 이 나라에는 요술 할멈이 열두 사람이 있었으니까, 열두 사람을 모두 불렀으나, 실상은 그 외에 요술 할멈이 또 하나 사람 모르는 곳에 있었습니다. 초대를 받아 온 열두 요술 할멈은 열두 황금 그릇에 훌륭한 잔치 요리를 먹었습니다. 그리고 잔치가 끝난 후에 열두 요술 할멈은 이 갓난 공주 아이에게 각기 좋은 선물을 하나씩 드리기로 하여, 첫째 요술 할멈은,

"나는 이 아기를 세상에 제일 어여쁜 색시가 되도록 하겠다!"

하였습니다.

둘째 요술 할멈은,

"나는 제일 지혜가 많은 색시가 되도록 하겠다."

하였습니다.

셋째 할멈은.

"나는 이 아기가 세상에서 제일 복 많은 색시가 되도록 하겠다."

하였습니다.

넷째는,

"나는 세상에서 무도(춤)를 제일 잘하는 색시가 되도록 하겠다!"

다섯째는,

"나는 꾀꼬리 같은 목소리를 드려서, 세상에서 제일 노래를 잘하는 색시가 되도록 하겠다!"

하였습니다.

이렇게 차례차례 열한째 요술 할멈까지 모두 좋은 것을 드리었습니다. 그리고 맨 끝에 열두째 할멈이 말하려는데, 어디선지 오늘 이 자리에 참례 아니 하였던 열셋째 요술 할멈이 튀어나와서,

"이 애가 커서 열다섯 살 되는 해에 실 뽑는 꾸리[1]에 찔려 죽으리라!"

하고는, 그냥 휙 나가 버렸습니다.

나라님과 왕비님과 모든 사람이 그 소리를 듣고, 얼마나 놀랐겠습니까.

잔치의 즐거운 빛은 다 없어지고, 모두 누구나 근심하는 빛이 얼굴을 덮었습니다. 그걸 어쩌면 좋으냐? 어떻게 하면 그것을 없애겠느냐고, 몹시 근심들을 하였습니다.

그때 마침, 아까 말을 하려다가 못한 열두째 요술 할멈이 나와서,

"과히 근심 마십시오. 다행히 내가 아까 말을 못하고 남아 있게 되어서 잘 되었습니다. 아까 요술 할멈이 말한 그 불행을 다는 못 벗기더라도, 더러는 벗겨 버릴 수가 있습니다. 왕녀 아기는 꾸리에 찔려서 죽지는 않고, 다만 백 년 동안 잠이 드는 것뿐입니다." 하였습니다.

나라님은 그것도 없애려고, 전국에 영을 내리셔서 꾸리라는 꾸리는 하나도 남기지 않고 태워 버리셨습니다.

귀여운 왕녀는 모든 요술 할멈 선물대로 천하에 제일 아름답게, 지혜가 많게, 복이 많게, 모두 갖추어 가지고 잘 커 갔습니다. 커 갈수록 맘은 더 착하고, 얼굴은 더 아름다워서, 정말 세상에 제일 아름다운 색시가 되었습니다.

이 왕녀가 열다섯 살 되던 해였습니다. 어느 날, 왕비님도 어디 가시고, 이 왕녀 혼자 있을 때에, 하도 심심하여서 대궐 속을 이리저리 다니며 볕을 쪼이다가, 저 뒤에 성이 큰 게 있는데, 그 성에 가서, 이 방 저 방 돌아다니며 보았습니다. 성 위에는 높다랗게 몇 층탑이 되어 있었으므로, 왕녀는 한 층 한 층 올라가면서 이 방 저 방 들여다보았습니다.

그래도, 방마다 아무것도 있지는 않았습니다. 그렇게 점점 올라가서, 맨 위 꼬부라진 마지막 층계를 돌아 올라가니까, 조그만 방이 있고, 그 문손잡이는 녹이 발갛게 슬어 있었습니다. 왕녀가 문을 여니까, 그 방 속에서 웬 노파가 실을 뽑고 있었습니다. 왕녀는 그것이 처음 보는 것이었으므로,

"노인님! 그거 무얼 하는 것입니까?"

하고 물었습니다. 그러니까 노파는 빙긋 웃으면서,

"실을 뽑는 것이란다."

하고 대답하였습니다.

"그런데 그렇게 실이 속하게 감기는 것은 무엇입니까?"

하면서, 꾸리를 들고 실을 뽑으려 하니까, 그 꾸리를 만지자마자, 그 불길한 예언이 맞아서 왕녀는 그 옆에 있던 침대에 쓰러져 그냥 잠이 들어 버렸습니다. 백 년 동안 잔다던 길고 긴 잠이 든 것입니다.

그리고 곧 그 시각에 그 잠이 대궐 안에 온통 퍼졌습니다. 나라님도 왕비님도 잠이 들고, 모든 사람이 모두 잠이 깊이 들었습니다. 하인은 음식을 만들다가 선 채로 자고, 요리 만들려고 닭을 잡다가 자고, 쫓겨 가던 닭까지 자고, 뜰을 쓸다가 비를 든 채로 자고, 개까지 말까지 파리까지 모든 것이 모두 잠이 들어 버렸습

니다. 그리고 이 대궐 속에는 바람까지 자고, 나뭇잎까지 잠이 들었습니다.

그러더니 그 대궐을 삥 둘러서 가시덩굴이 우쭉우쭉 자라더니 금방 이 대궐을 아주 뒤집어 싸고 말아서, 기어코 밖에서 이 속에 대궐이 있는지, 무엇이 있는지 알지 못하게 되었습니다.

그리고 이 소문이 세상에 퍼져서, 다른 나라 왕자들이 찾아와 이 덩굴을 헤치고 들어가려 하였으나, 덩굴이 워낙 많고 커서 헤칠 수도 없고, 또 억지로 헤치다가는 가시에 찔려서 들어가지도 못하고 나오지도 못하고, 봉변[2]을 당하곤 하였습니다.

그 후 오랜 세월이 지나서, 어느 어여쁘고 쾌활한 왕자가 찾아와서, 이 덩굴 속에 대궐이 있고, 그 속에 천하에 제일 어여쁜 왕녀가 잠이 들었고, 그리고 대궐 안 사람이나 짐승이나 모두 잠이 들었단 말을 듣고, 그 기한이 백 년 동안이란 말까지 어느 노인에게 들었습니다.

그 왕자님은 얼굴도 이 속에 잠든 왕녀만 못하지 않게 어여쁘고, 맘으로나 무엇으로나 그 왕녀와 같았습니다. 그러나 노인은 이때까지 여러 왕자가 와서 들어가려다가 들어가지도 못하고 가시에 찔려 죽은 일을 이야기하고, 들어가지 말라고 만류하였으나,

"관계없습니다. 내가 반드시 들어가서 왕녀를 만나보고 모두 잠을 깨워 놓겠습니다."

하고, 공손히 말을 하고는 가서 그 덩굴을 헤쳤습니다.

마침 오늘이 백 년 되는 날이었습니다. 귀하고 예쁜 왕녀의 잠이 깨일 날이었습니다. 그렇게 가시가 많고 험하던 덩굴이 예쁜 왕자님의 손이 닿으니까, 금시에 향기롭고 아름다운 꽃 덩굴이 되었습니다. 그리고 왕자님더러 어서 들어오시라는 듯이 그 앞에 들어가는 문이 방긋이 열렸습니다.

그리고 왕자님이 들어가니까, 다시 닫혔습니다. 이 속에 들어온

1편_ 사랑의 선물

어여쁜 왕자님이 마당으로 걸어가니까 말과 개가 자고 있고, 지붕에는 비둘기가 자고 있고, 방에 들어가니까 벽에 붙은 파리도 자고 있고, 하인은 요리를 만들다가 자고 있고, 이 방 저 방에 모든 사람이 자고 있고, 대궐 본전 옥좌에는 나라님과 왕비님이 앉은 채로 자고 계시었습니다.

모든 것이 모두 잘 뿐이요, 몹시 고요하였습니다. 어여쁜 왕자는 또 뒤 성으로 가서 층계를 올라갔습니다. 저어 위 마지막 방에를 가니까, 침대 위에 그야말로 세상에서 처음 보는 어여쁜 왕녀가 고요하게 잠을 자고 있었습니다. 이대로 그냥 백 년을 지나도록 입술은 붉은 대로 살은 고운 대로, 어여쁘게 고스란히 자고 있었습니다.

어여쁜 왕자님은 그 왕녀를 처음 볼 때, 무언지 가슴에 눌리던 것이 별안간 없어진 것같이 시원하였습니다. 생후 처음으로 가슴이 시원해서 새로 태어난 것같이 기뻐하였습니다.

왕자는 가만가만히 그 옆으로 가서 허리를 굽히고 그 곱게 잠든 천사 같은 얼굴을 고요히 들여다보다가 그 꽃같이 붉고 어여쁜 입술에 입을 맞추었습니다. 그러니까 왕녀는 눈을 떴습니다. 백 년 동안 자던 잠이 깬 것입니다.

그리고 서늘하고 정다운 눈을 번쩍 뜨고 왕자님을 보고는 방긋 웃었습니다. 그러니까 나라님도 깨시고, 왕비님도 깨시고, 모든 사람들, 모든 짐승들의 잠이 모두 다 깨었습니다. 요리 만들던 하인은 바쁜 듯이 요리를 만들고, 뜰을 쓸다 자던 사람은 뜰을 쓸고, 비둘기는 후루루 날아 마당에 내려앉고, 말은 잠이 깨어 고개를 끄덕끄덕하였습니다.

이렇게 백 년의 잠은 깨고, 세상에서 제일 어여쁘고 착한 왕녀는 제일 어여쁘고 쾌활한 왕자님과 성대하게 혼인을 하였습니다. 그때 마침 봄이 와서 모든 꽃이 활짝 피었습니다. 그리고 나라님이 돌아가시고 왕자와 왕녀가 뒤를 이어 다스릴 때에는 그가 돌아갈 때까지 늘 따뜻한 봄날 같았다 합니다.

---

1) 꾸리: 실을 감은 뭉치.
2) 봉변: 뜻밖의 재앙을 당하는 것.

1편_ 사랑의 선물

천당 가는 길

-독일 동화

어느 머나먼 시골에, 단 두 식구가 사는 늙은 내외가 있었습니다. 어느 날 점심 때, 다 쓰러져 가는 자기 집 문 앞에 늙은 영감님이 앉았으려니까, 어디서 오는지 좋은 말 네 마리가 끄는 훌륭한 사두마차[1]가 와서 우뚝 서고, 그 마차 속에서 어느 높은 지위에 있는 귀족 같은 귀인이 내렸습니다. 노인은 황망히 그 앞으로 가서 허리를 굽히면서,

"저희 같은 사람에게 무슨 이를 말씀이 계십니까? 혹시 어느 길을 찾으십니까?"

하고 공손히 물었습니다. 그러니까 그 귀인은 친절하게 노인의 손을 잡고 공손한 말로,

"아, 아니오. 저는 여기까지 산보 왔던 길에, 어른과 함께 이곳

음식으로 점심을 먹어 보고 싶어서 왔습니다. 아무 다른 것 차리지 마시고, 댁에서 늘 잡수시는 대로 고구마로 차려 주십시오. 그러면 어른과 함께 맛있게 먹겠습니다."

하였습니다. 노인은 너무나 황송한 듯이,

"어른께서는 백작이거나 어느 공작의 몸이 아니오니까. 그런데 천만에 고구마 음식을 잡숫다니요. 네네, 정히 잡수시겠으면 얼마든지 차려는 드리겠습니다."

하였습니다. 뜻밖에 귀한 손님이 오셔서 주인 늙은 내외는 무한 기뻐하였습니다. 노파는 고구마를 씻어서 껍질을 벗기고, 경단을 만들러 부엌으로 들어갔습니다. 음식 만드는 동안에 영감님은 귀인을 안내하여 밭으로 가서 구경을 시켰습니다. 그때, 그 밭모퉁이에 심으려고 갖다가 놓아 둔 나무가 있었으므로, 영감님은 곧 괭이로 나무 심을 구덩이를 파고 있었습니다.

"이런 일에 어른의 힘을 덜어 드릴 자제가 하나도 없습니까?"

하고 귀인은 옆에 서서 물었습니다.

"네, 없습니다."

하고는 다시 말을 이어서,

"자식 놈이 하나 있기는 있었는데 그놈을 잃어버렸답니다. 벌써 오래 되었습니다. 어찌 장난이 심하고 심술궂은지 학교에를 보내도 공부는 아니 하고, 동네 애들을 때리기 잘하고, 동네에서도 사자 노릇을 하더니 기어코 어디로 달아나서는 영영 소식이 없어졌습니다. 어디 가서 무슨 짓을 하고 있는지요."

하면서 한편 나무를 심고, 발로 쿵쿵 밟아 다지고는, 구부러지지 말라고 그 옆에 기다란 나무때기[2]를 꽂고 비끄러매었습니다.

"그런데……."

하고 귀인은 또 이야기를 꺼내었습니다.

"저 구석에 있는 저 나무는 줄기가 아주 흙투성이고 몹시 기울어져서, 땅에 닿게 되었는데 왜 그냥 내버려 두십니까? 그것도 나무때기를 꽂고 비끄러매지요."

"하하하, 우스운 말씀도 하십니다. 비끄러매는 것도 어렸을 적에 말이지요. 다 늙어서 아주 꾸부러진 나무를 어떻게 펴서 비끄러맵니까?"

"그러면 어른의 아드님도 그렇지요, 어렸을 때 잘 꼿꼿하게 기르셔야지요. 그때는 그냥 내버려 두고, 인제 탄식한들 무슨 소용이 있습니까. 지금쯤은 아주 부러진 인물이 되었겠지요."

"벌써 너무 오래 되어서 지금쯤은 퍽 변해졌겠습니다."

"얼굴 보고는 모를걸요. 그러나 그놈은 어깨 위에 팥알만 한 검정 점이 있으니까요."

그 소리를 듣더니 귀인은 별안간에 옷을 홀홀 벗고 어깨를 내어 보이며 달려들면서,

"아버지!"

하였습니다. 영감님도 그것을 보고,

"오오, 정말 내 아들이다!"

소리쳤습니다. 그리고는 이때까지 쓸쓸하고 적막한 속에 파묻혀 서 있던 사랑의 정이 가슴에 샘솟듯 솟아서,

"그런데 어떻게 잘 되었니, 응? 어떻게 해서 이렇게 부자고 귀하게 되었니?"

"아아, 아버지!"

하고 부르는 그의 눈에는 눈물이 고였습니다.

"아버지 용서하십시오. 어렸을 적부터 나무때기에 비끄러매지를 않고 자라서 아주 꾸부러진 나무가 되고 말았습니다. 어떻게 이렇게 잘 되었느냐고 물으시지만 저는 도둑놈입니다. 도둑이 되었습니다. 그렇지만 염려 마십시오. 도둑 중에서 제일 큰 도둑이 되었습니다. 자물쇠로 잠그거나, 빗장을 지르거나 제 앞에는 소

용이 없습니다. 제 눈에 좋게 보이는 것은 세상 물건이 모두 제 것입니다. 그러나 그다지 나쁜 짓은 아니 합니다. 다만 부자사람의 너무 많은 것을 털어다가, 구차한, 없는 사람에게 나누어 줄 뿐입니다.

아아, 아버지! 저 때문에 목숨을 잃거나 굶게 되거나 한 사람은 없어도, 저 때문에 목숨을 구하고 살아갈 밑천을 얻은 사람은 많았습니다. 결코 그다지 나쁜 짓은 아니 하였습니다."

"아아, 나의 아들아!"

노인은 말하였습니다.

"나는 즐겁지를 않다! 크거나 작거나 도둑은 도둑이다. 회심[3]을 하여라, 응 회심을 하여라!"

"염려 마십시오. 반드시 회심을 하겠습니다. 착한 사람이 되겠습니다."

하였습니다. 노인은 눈물을 씻으며, 오래간만에 돌아온 아들을 데리고 집으로 돌아갔습니다. 노파도 그 아들이 큰 도둑이란 말을 듣고는 그만 눈물이 비 오듯 펑펑 쏟아졌습니다. 한참이나 울다가, 노파는 아들의 등에 손을 얹고,

"도둑이 되었어도 너는 내 아들이다. 오래간만에라도 이렇게 돌

아와서 얼굴을 보이니 반갑다."

하였습니다. 그리고 상을 차린 늙은 어머님의 요리가 나왔습니다. 오래간만에 만난 세 식구가 고구마 요리를 정답게 먹었습니다. 그리고 노인이,

"이 애야, 이 뒷마을에 계신 백작께서, 너를 낳았을 때 네 이름까지 지어주시고 너를 귀애하셨는데, 지금 네가 큰 도둑인 줄을 아시면 귀애하기는커녕 너의 목을 베실 것이다. 그 백작이 이 고을 영주이니까……."

하며 근심을 하여 말하였습니다.

"아버지, 염려 마십시오. 이따가 저녁때 제가 가서 뵙고 인사를 여쭙고 오겠습니다."

하고 태연히 말을 하더니, 정말 저녁때가 되니까, 그 훌륭한 마차를 타고, 위세 있는 백작 댁으로 갔습니다. 백작은 어느 곳 귀빈이 오신 줄 알고, 훌륭히 맞아들여서 대접하였습니다. 음식을 다 먹도록 백작은 모르고 있었습니다. 그런데 이편에서 먼저 자세하게 이야기를 하였습니다. 그 말을 듣고 백작은 얼굴이 파래서 아무 말도 못하더니 한참이나 후에,

"너는 내가 이름까지 지어 준 아이이니까, 특별한 옛정으로 천하

의 공법을 버리고 너를 살려 줄 것이나, 네가 그리 큰 도둑이라고 자칭하고 다니니, 이제 내가 세 가지 문제로 네 재주를 시험하리라. 만일, 이 세 가지 시험에 낙제를 하면 교수대에 올려 법대로 사형에 처하리라."

하였습니다.

"네, 아무쪼록 잘 생각하셔서, 더할 수 없는 어려운 문제를 내어 주십시오. 제가 생각하여 못하는 것은 없습니다."

백작은 한참이나 생각하더니 이렇게 문제를 내었습니다.

제일 첫째로는, 내가 가장 사랑하는 나의 말을 무사히 도둑해 낼 일. 둘째로는, 내 아내가 자는 새에 그 비단 이불을 도둑해 내고, 그 손가락에 낀 반지까지 무사히 빼어 낼 일. 셋째로는, 예배당에 가서 목사님과 사무원을 무사히 도둑해 낼 일.

도둑은 실행할 일을 단단히 약속하고 돌아왔습니다. 늙은 부모님이 그 이야기를 듣고 아들의 목숨이 위태로워 몹시 근심하였습니다.

그 이튿날 밤이었습니다. 도둑왕은 가까운 시가에 가서 이상한 노파의 옷을 사다가 입고, 얼굴을 붉게 칠하고, 주름살까지 그리고 누가 보든지 정말 노파로 보도록 익숙한 솜씨로 꾸몄습니다.

그리고는 좋은 포도주에 몽혼 약을 많이 타서 통 속에 넣어, 어깨에 메고는 허리를 조금 굽히고 백작 댁의 성 밑으로 갔습니다. 그때는 벌써 캄캄한 밤이었습니다. 성문 앞 돌멩이로 가서 허리를 쉬느라고 앉아서, 어깨가 아픈 듯이 어깨를 툭툭 치면서 기침을 콜록콜록하였습니다. 그것을 보고, 파수 보던 병정이 노파를 보고, 이리 와서 불을 쪼여 몸을 녹여 가라 하였습니다.

도둑왕인 노파는 오라는 대로 가서 불을 쪼였습니다.

"마나님, 가지고 가시는 그 통 속에 있는 게 무엇입니까?"

하고 한 사람이 물었습니다.

"이거? 맛있는 포도주라우."

대답하고는,

"그걸 내가 팔러 다니는 것인데, 이렇게 내게 친절하게 해 주어서 감사하니 한 잔 드리리다. 값은 얼마든지 상관 말고……"

"네, 고맙습니다. 자 그럼, 이리 들어오십시오."

하고 문안 턱으로 들어가, 한 잔 받아 마시고는,

"아아, 참 맛있는 술입니다. 한 잔만 더 주십시오."

하여, 한 잔 더 마시었습니다. 다른 병정들도 두 잔씩 마시었습니다. 그리고 마구간을 향하고,

"여보게? 이리 오게. 마나님이 좋은 술을 가져오셨네. 와서 한 잔만 맛을 보게. 어떤가……."

하는 동안에, 도둑왕 노파는 마구간으로 통을 들고 들어갔습니다. 그 속에는 병정 세 사람이 말을 지키고 있는데 한 사람은 말 고삐를 잔뜩 붙잡고 있고, 한 사람은 말 위에 올라앉았고, 또 한 사람은 꽁지를 잔뜩 붙잡고 있었습니다.

노파는 그 병정들이 달라는 대로 술을 자꾸 주었습니다. 얼마 있지 않아서 문 파수들도 문에 기대서서 코를 골고, 말 지키던 사람도 잠이 들었습니다.

고삐 쥐었던 사람은 고삐를 놓고, 꽁지를 잡고 있던 사람은 꽁지를 놓고 코

를 골았습니다. 그러나 한 가지 걱정은 말 등 위에 올라앉아서 자는 사람이었습니다. 안아 내려놓자니 잠이 깨일 터이고, 그냥 두자니 말을 끌어낼 수가 없고……. 생각다 못하여 한 꾀를 내어, 그가 말 위에 깔고 앉은 말안장의 네 귀를 굵은 줄로 매어서, 마구간 네 구석 기둥에 높이 달린 고리에 꿰어 가지고 네 줄을 한꺼번에 잡아당겼습니다.

말안장 위에 그가 앉아 코를 고는 채로, 대룽대룽 떠올라가 중간에 매어 달렸습니다. 그래 놓고 도둑왕은 마구간 문지방에 말굽 소리 안 나도록, 두르고 왔던 헌 누더기를 놓고, 가만가만히 말을 끌어내었습니다. 그리고 성문 바깥까지 나와서는 말 위에 홀쩍 올라타고 노래를 부르며 돌아왔습니다.

그 밤이 새어 날이 밝을 때, 도둑왕은 말 위에 높이 앉아 백작의 성으로 갔습니다. 백작은 벌써 일어나서 들창 밖을 내어다 보고 있었습니다.

"백작님, 안녕하십니까?"
하고 인사를 하고는,

"이렇게 훌륭히 말을 꺼내 타고 왔습니다. 마구간에를 좀 가서 보십시오. 어떤가……."

백작이 황급히 내려가서 문간을 보니까, 파수들은 문에 기대어 선 채로 코를 골고 있고, 마구간에를 가보니까 고삐 쥐고 있던 놈은 빗자루를 쥐고 앉아서 코를 골고 있고, 꽁지 쥐고 있던 놈은 짚을 한 묶음 쥐고 앉아서 드르렁 드르렁 코를 골고 있고, 또 한 놈은 보니까, 공중에 매어달린 안장 위에 올라앉아서 대장간의 풀무[4]처럼 코를 골고 있었습니다.

하도 어이가 없어서, 백작은 껄껄 웃으면서,

"그러나 무슨 재주라도 네가 둘째 문제야 할 수 있겠니? 미리 일러두는 것이니, 네가 만일 들키기만 하면, 그냥 도둑으로 대접할 것이니, 그리 알고 오너라."

이번에야말로 위험한 일이라고 늙은 부모는 잠을 안 자고 근심하고 있었습니다.

그날 밤이 되었습니다. 백작 부인은 이불과 반지를 아니 빼앗기려고 졸린 눈을 비벼가면서 잠을 아니 자고 있었습니다.

"오늘은 그놈을 속이기 위해서 파수를 모두 치우고 그 대신 문이란 문을 모두 잠그고 빗장을 질러 놓았지."

하고는, 백작은 다시 육혈포[5]를 내어 들고,

"내가 잠을 안 자고 지키고 있어야지. 이 방에만 들어오면, 그냥 바로……."

하고는 벼르고 있었습니다.

　그러나 밤이 깊자, 도둑왕은 벌써 무슨 큰 보퉁이를 둘러매고 이 성 안에까지 들어왔습니다. 이번에는 복장을 꼭 백작과 같이 차리고 얼굴까지 수염까지 백작과 똑같게 꾸미고 왔습니다. 그리고 정말 백작이 육혈포를 들고 지키고 있는 침실 들창 밑까지 왔습니다. 메고 온 보퉁이를 끄르더니 그 속에서 사람 하나를 꺼냈습니다. 고무로 만든, 사람과 똑같은 인형이었습니다.

　그 다음에는 이 집 헛간에 가서, 사다리를 가져다가 창 밑에 놓았습니다. 그 서슬에 참말 백작은 창 밖으로해서 들어오는 줄 알고 육혈포를 겨냥하여 들고 있었습니다. 도둑왕은 그 인형을 안고 사다리를 올라갔습니다. 그러나 들창까지 다 올라가지 않고 중간에서 인형만 번쩍 들었습니다.

　들창 밖에 사람의 머리가 언뜻 보이는 것을 보고, 백작은 육혈포를 쏘았습니다. '앗!'소리를 치고 도둑은 쿵하고 떨어졌습니다. 밖에서는 인형에 피를 흘려 떨어뜨려 놓고 도둑왕은 번개같이 숨어 버렸습니다. 백작은 밖으로 내려와서 캄캄한 데 피를 흘리고 자빠진 가짜 송장을 들고 뒤꼍으로 갔습니다. 넌지시 파묻어 주려는 까닭이었습니다.

그 틈에 가짜 백작 도둑왕이 침실로 들어갔습니다. 졸려서 졸
려서 못 견디는 것을 억지로 참아 가며, 자꾸 감겨지는 눈을 억
지로 어슴푸레하게 뜨는 부인은, 도둑을 죽이고 백작이 들어온
줄로 알았습니다.

도둑왕은 백작과 같은 음성을 내어서,

"도둑은 육혈포에 맞아 죽었네. 그러나 그놈은 내가 이름까지
지어 주고 귀애하던 놈인데, 내 손으로 죽여서 안 되었는걸. 도둑
이라고는 하지만 그다지 악인도 아니고 무슨 큰 죄도 없는 것을,
제일 그 늙은 내외가 불쌍하여서, 아무개란 성명을 세상에 내지
않으려고, 내가 넌지시 파묻기로 하겠으니, 그 이불을 이리 주게.
그걸로나 송장을 싸서 파묻어 줄 밖에 없지."

하니까, 부인은 아무 말 없이 이불을 내놓았습니다. 그것을 가지
고 나가려는 체하다가 다시 돌아서서,

"그놈이 그 반지를 훔치려다가 아까운 목
숨까지 없애었는데 이다음에 그걸로 원혼이
나 되어 나오면 어떡허나, 또 살 셈 대고 그
반지나 끼워서 파묻는 게 좋지 않을까."

하니까, 또 부인은 아무 말도 않고 다소곳이 빼어 주었습니다.

'옳다구나.'

하고, 도둑왕은 그 두 가지 물건을 가지고 집으로 왔습니다. 그 밤이 새어 이튿날 새벽에 백작에게 가서 두 가지 물건을 보였습니다. 백작은 눈이 둥그레졌습니다.

"네가 어떻게 땅 속에서 살아 나왔니, 응? 그렇게 단단히 묻었는데."

"백작, 그것은 인형이었습니다."

백작은 그제야 부인에게 이야기를 듣고, 가짜 백작 노릇한 것을 알았으나, 아무래도 하는 수가 없었습니다.

"참말로 네 재주는 귀신같다. 그러나 이번 한 가지야말로 할 수가 있니? 살아 있는 목사님과 사무원을 무사히 도둑해 내오겠니? 그것을 못하면 먼젓번 성적은 효험이 없어지느니라."

하였습니다.

제일 어려운 문제가 남았습니다. 이거야말로 무슨 수로 산 사람을 둘씩이나 도둑해 내올 수가 있겠느냐고, 아들의 목이 벌써 베어지게 된 것같이 두 늙은이는 슬퍼하였습니다.

그날 밤이 되었습니다. 이 밤에 목사와 사무원을 못 훔쳐 오면,

내일 아침에는 도둑왕이 목을 바칠 판인 것입니다.

그러나 도둑왕은 태연한 걸음으로 보퉁이 하나를 메고 예배당으로 갔습니다. 깊은 밤중이었습니다. 텅 빈 커다란 예배당은 더욱 침침하고 무서웠습니다. 예배당 뒤 사람 묻은 묘지는 죽은 귀신이 우는 듯이 처참히 무서웠습니다. 모든 것이 죽은 듯이 고요하고 무섭기만 했습니다.

이 밤중에 묘지에서 도둑왕은 혼자 가지고 온 보퉁이에서 게를 여섯 마린지 일곱 마린지를 꺼내고, 주머니에서 양초를 여러 개 꺼내서 모든 게 잔등 위에다 붙이고, 모두 불을 켰습니다. 게는 촛불을 등덜미[6]에 세우고 이리저리 기어 돌아다니기 시작하였습니다.

그리고 도둑왕은 새까만 옷을 입고 하얀 수염을 달고, 그리고 커다란 주머니를 들고, 촛불을 들고, 예배당 속으로 들어갔습니다.

그때 마침, 예배당 층대 위에 걸린 큰 시계가 땡땡 열두 시를 울렸습니다. 도둑왕은 촛불을 높이 들고, 높고 큰 목소리로 부르짖었습니다.

"너희들 죄 많은 자는 들으라! 세상의 마지막 날은 왔도다. 무서운 심판의 날은 왔도다. 너희는 자세히 들으라! 죄 많은 사람들아! 나와 함께 천당으로 데러 가리라. 들으라! 들으라! 죄 많은 사람들아! 나와 함께 천당으로 가기를 원하는 자는 다 와서 이 주머니 속에 들어가라!

나는 베드로로다. 천당의 문을 열고, 또 닫는 이로다. 이 무서운 심판의 날은 왔나니 보라! 묘지에는 죽은 자가 그 뼈를 찾느라고 헤매도다. 오라. 빨리 와서 이 주머니로 들어가라. 세상의 마지막 날은 왔도다!"

우렁찬 무서운 소리는 구석구석에 크게 들렸습니다. 제일 먼저 이 설교의 진리와 의미를 잘 알아들은 목사와 사무원은 인제야 목적을 달하는 날이 왔다고 밖으로 뛰어나와 본즉, 과연 묘지에는 이상한 불빛들이 이리저리 돌아다니며 헤매고 있었으므로, 그것이 게의 등 위에 촛불을 켠 것인 줄은 모르고, 무덤 속에서 원혼들이 나와 돌아다니는 줄만 알았습니다. 자아! 정말 심판하는 날이 왔다고 예배당 속으로 들어갔습니다. 거기서 또 도둑왕의 설교를 잠깐 듣고, 사무원은 넌지시 목사의 무릎을 꾹 찌르고,

"이렇게 베드로님이 오신 기회를 타서, 남모르게 얼른 천당으로 가면, 그런 감사할 일이 어디 있습니까."

"그렇구말구, 어서 저 주머니 속으로 들어가세."

"아니, 목사님 먼저 들어가십시오. 저도 들어가겠습니다."

기어코 목사와 사무원은 그 주머니 속으로 들어갔습니다.

'옳다구나.'

하고 도둑왕은 주머니 주둥이를 꽉 매고는 이리저리 흔들어 가면서,

"불쌍한 백성들아, 아직도 악마의 꿈속에 있는 자들아, 나는 그냥 돌아가도다. 이제 무서운 심판이 너희 앞에 오리라!"

하고 소리쳤습니다. 목사와 사무원은 이건 우리만 먼저 천당으로 가게 되니 이런 감사한 일은 없다 하며 기꺼워하였습니다.

도둑왕은 감쪽같이 목사와 사무원을 주머니 속에 넣어 가지고 이리 흔들 저리 흔들 흔들면서 충대를 내려오고 예배당 문턱을 넘고 하느라고, 그 속에 있는 목사와 사무원은 머리가 아프도록 여러 번 머리를 부딪쳤습니다.

도둑왕은 그럴 적마다 이렇게 말하였습니다.

"아아, 지금 우리는 산 고개를 넘어가는 중이다."

하였습니다.

길로 흔들흔들 들고 가다가 도랑물에다 주머니를 담가서 적시고는,

"자아, 구름 속으로 지나간다!"

하였습니다.

그리고 가다가 이윽고 백작 댁 성에 다 와서 층층대를 올라갈 때에는 그것을 천당의 층층대라 하고,

"우리는 이제 곧 천당에 들어가는 것이다."

하였습니다. 목사와 사무원은 속에서 그런 소리를 들을 때마다 그저 기쁘기만 하여서 머리 아프단 말도 못하고 있었습니다.

도둑왕은 주머니를 크디큰 비둘기 집 속에 놓았습니다.

그리고 비둘기가 날려고 푸득푸득하는 것을,

"이제 천당의 천사들이 내려오느라고 날개 소리가 푸득푸득 한다."

하였습니다.

그러니까 주머니 속에서는 한없이 즐거워하였습니다.

이튿날 새벽에 백작을 뵙고,

"그 목사와 사무원도 도둑해 놓았습니다."

고 했더니 백작은 거짓말로 알았습니다.

"그래 어디다 두었니?"

"비둘기 집 속의 주머니 속에 들어 있습니다. 그들은 지금 천당에 왔거니 하고 있습니다."

하고 웃었습니다.

백작은 하도 의심스러워서 비둘기 집에 들어가 보니까 큰 주머니가 놓여 있었습니다. 기가 막혀서 나오는 말도 없이 주머니를 끌러 놓으니까, 목사와 사무원이 갑갑했던 듯이 튀어나오며,

"여기가 천당입니까? 백작께서는 어느 틈에 와 계십니까?"

하면서 물었습니다.

아무 말도 아니하고, 여기는 천당도 아니고 아무데도 아니니 어서 돌아가라고 일러 보냈습니다.

어찌 된 까닭을 모르는 두 사람은 모든 것을 이상히 여기면서 돌아갔습니다.

백작은 도둑왕을 보고 아주 탄복하는 말로,

"너는 참말로 도둑왕이다. 약속대로 목숨을 살려주는 것이니, 돌아가되 내가 다스리는 지경 안에는 일체 오지 못하느니라. 어느 때든지 내가 다스리는 지경 안에를 오려면 좋은 사람이 된 증거를 가지고 오든지, 그 대신 네가 없더라도 너의 부모는 이로부터 내가 끔찍이 보호하여 아무 근심 없도록 할 것이니 안심하고 가거라."

하였습니다.

그 후, 도둑왕은 늙으신 부모에게 그 이야기를 자세히 여쭙고, 그리고 반드시 다시 올 때는 회심하여 돌아오마고 약속하고 어디론지 길을 떠났습니다.

그 후로는 아무도 그 도둑왕을 본 사람도 없고 소문을 들은 사람도 없었습니다.

---

1) 사두마차: 네 마리 말이 끄는 수레.
2) 나무때기: 그다지 쓸모가 없는 나무의 조각이나 토막을 속되게 이르는 말.
3) 회심: 마음을 고침.
4) 풀무: 불을 피울 때 바람을 일으키는 기구.
5) 육혈포: 탄알을 재는 구멍이 여섯 개 있는 권총.
6) 등덜미: 뒷등의 윗부분.

마음의 꽃

-중국 동화

  옛날 옛적 어느 나라에 어질고 착하신 나라님이 한 분 계셨습니다.

  그 나라님이 다스리고 계신 나라는 그리 넓지는 아니한 조그마한 나라였으나 경치든지 무어든지 그린 그림같이 아름답고 깨끗한 좋은 나라였습니다.

그리고 토지가 몹시 기름져서 곡식이 잘 되므로, 일반 백성들은 늘 좋은 옷을 입고, 늘 좋은 음식을 먹고 놀면서 일이라고는 1년에 봄과 가을, 두 번밖에는 하지 않았습니다. 그러면서도, 모두들 부자 살림을 할 뿐이요, 구차하게 지내는 사람은 별로 없었습니다.

그래서 백성들은 참말로, 우리나라님이 덕이 많으셔서 하느님께서 특별히 우리나라를 보호해 주신다고 생각하면서, 우리는 유독하게 하느님의 총애를 받는 백성이라 생각하면서, 결코 다른 곳 일은 알려고도 아니하고, 알아야 소용도 없어, 평화롭게 그 나라 안에서만 태평세월을 보내고 있었습니다.

그렇게 백성들이 부유하면서 자유롭게 지내는 것이 나라님 마음에는 대단히 기꺼운 일이었습니다. 그러나 그 대신 다른 좋은 일이나 지식이 적고, 다만 돈 많은 것을 제일로 알고, 돈만 많으면 귀하고 좋은 줄 아는 것을 나라님께서는 늘 심려하시며 걱정하시는 일이었습니다.

쌀쌀하고 춥던 겨울이 지나가고, 따뜻한 봄이 이 조그마한 평화로운 나라에도 왔습니다. 새파란 바다 위를 봄철이 건너와서 언덕과 수풀에 말쑥말쑥한 새파란 싹이, 의논한 듯이 일시에 나뭇가지에 솟아서 따뜻한 해님을 향하고 움쩍움쩍 자라기 시작하였습니다.

새봄을 맞이한 조그만 새들은, 기쁨을 이기지 못하여 마음껏 뛰어서, 보랏빛 아지랑이진[1] 속으로 온종일 날아다녔습니다. 풀과 꽃은 피어서 우거지고, 백성들은 기뻐 날뛰었습니다. 그리고 며칠 아니 남은 4월 초닷샛날을 기다리고 있었습니다.

4월 초닷샛날은, 이 나라에서 일 년 중 제일 즐겁고, 제일 번화하게 노는 이 나라 경절[2]이었습니다. 해마다 해마다 이 날이면, 일을 쉬고, 좋은 떡과 술을 많이 차리고, 집집에 꽃문을 세우고, 꽃등을 달고, 어른이나 아이나 남자나 여자나 누구나 다 같이 노래하고 춤추며 가장 즐겁게 노는 날이었습니다.

이번 해에도, 이 나라 백성마다 며칠 전부터 음식과 옷과 모든 놀거리를 장만해 놓고, 어서 4월 초닷샛날이 오기를 고대고대하고 있었습니다.

꽃피고 새 우는 따뜻한 봄날이 평화로운 속에, 며칠인지 저물었습니다. 온 백성이 고대하던 경절날이 되었습니다. 눈이 부시게 찬란한 새 옷들을 입고, 이른 아침부터 취한 얼굴로 집에서들 나왔습니다.

그런데 새벽부터 집 속에서 차려 두었던 음식을 먹고, 길에 나서 보니까, 거리마다 새로 만든 게시판이 걸려 있었습니다. 이것은 전에 없던 일이었으므로, 모두들 주의하여 읽어 보니, 이 나라 총리대신이 붙인 것인데, 그 게시에는 이렇게 씌어 있습니다.

오늘은 우리에게 가장 즐거운 날이고, 가장 기념할 날입니다. 특별히 이날 아침에는, 우리 어지신 나라님께서, 반드시 마음의 꽃이란 꽃씨를 일반 국민에게 분배하시기로 되었습니다. 이 꽃씨는 이 세상 보통 꽃과는 달라서 마음이 착하고 깨끗한 사람이 기르면 기를수록 좋은 꽃이 피고, 마음이 나쁘고 정직하지 않은 사람이 기르면 기를수록 나쁜 꽃이 피는 것입니다.

그런데 이 꽃을 오늘 심으면 꼭 일 년 지난 후, 내년 4월 초닷샛날 피어납니다. 내년 꽃피는 그날은 나라님께서 친히 다니시며 검사해 보셔서 가장 아름다운 꽃을 피우게 한 사람에게는 상금 십만 원을 주시기로 되어 있으니, 일반 국민은 누구든지 이 귀중한 꽃을 잘 길러서, 남보다 제일 곱고 아름다운 꽃이 피도록 하시오. 꽃씨는 오늘 아침에 분배할 것이니 심기는 오늘 밤에 일제히 심으시오.

백성들은 이 게시가 더욱 기뻐서 이 날을 즐겁게 놀았습니다. 그리고 그 소문으로 온 나라 구석구석이 떠들썩하였습니다.

복 많고 평화로운 이 나라의 시가 바깥 한적한 마을에, 다만 홀로 가련한 소년이 한 사람 있었습니다. 겨우 열세 살밖에 되지 아니한 소년 마링그는, 병환 중에 계신 어머님 한 분을 모시고, 애달프고 쓸쓸한 살림을 이 마을에서 하고 있었습니다.

세상은 다 따뜻하고, 남들은 모두 부자로운(넉넉한) 살림을 하는데, 불쌍한 마링그만은 병드신 어머님을 다 쓰러져 가는 낡은 집에 모셔 놓고, 조석거리³⁾를 구하기에 어린 몸이 견딜 수 없이 고달팠습니다.

어린 마링그가 제일 좋아하는 봄은 왔건마는, 병중에서 신음하시는 어머님을 생각하면, 한 시 반 시(잠시)인들 쉴 새도 없이, 마링그는 부지런히 일을 하였습니다.

바로 4월 5일 경절날이었습니다. 남들은 모두 일을 쉬고, 아침부터 뛰고 놀지마는, 마링그는 다만 홀로 산중에서 나무를 하기에 바빴습니다. 저녁때가 되었습니다. 다사로운 봄날이 서산으로 넘어들어 즐거운 날도 저물기 시작하였습니다.

나무를 지고 돌아오는 마링그가 꽃 피어 우거진 잔디밭을 지나다가 온종일 기쁘게 놀고 돌아가는 사람들을 보고,

"에그 이렇게 기쁜 날! 어머님께서는 밖에 나와 보시지도 못하

고, 앓아누우셨지. 이 꽃이나마 꺾어다 어머님 머리맡에 놓아 기쁘게 해 드려야겠다."

고, 거기 앉아 꽃을 꺾어 모으고 있었습니다.

마침 그때, 높은 벼슬 다니는 훌륭한 어른 여러분이 오셔서, 꽃씨를 주시면서 내년 이 날까지 잘 기르라고 자세하게 설명까지 해 주시고, 서울 길로 돌아갔습니다.

마링그는 집에 돌아가서 어머님 머리맡에 꽃을 놓아 드리고, 서울 벼슬 다니는 어른에게서 받은 꽃씨와 그 이야기를 모두 어머니에게 여쭈었습니다.

"오냐! 어서 심어라, 너는 세상에서 제일 마음이 착하고 고우니까, 반드시 네게는 제일 좋은 꽃이 피어서 나라님께 십만 원 상금을 받게 될 것이다. 어서 정한 데다 심어라."

하시면서, 끔찍이 기뻐하셨습니다.

마링그는 어머님 말씀이 더욱 기뻐서, 즉시 그 씨를 조그만 나무 상자에 심었습니다. 그리고 병드신 어머님과 가련한 마링그는 날마다 날마다 싹이 나오기를 마음과 정성을 다하여 기다렸습니다.

어느 틈에 봄도 저물어 버리고, 시퍼런 여름이 왔습니다. 백성들은 벌써 일들을 그치고, 이제는 매일 놀러 다니며, 모이면 마음의 꽃 이야기를 하게 되었습니다.

"당신 댁에는 잘 큽니까?"

"크구말구요. 훌륭한 싹이 나와서 자꾸 큽니다. 당신 댁에는 잘 큽니까? 얼만큼이나 컸습니까?"

"우리 집 것은 수정같이 깨끗한 싹이 금방금방 커 갑니다."

이런 이야기가 예서도 제서도 만나기만 하면 시작되었습니다. 그러나 아무도 남의 집에 싹트는 것을 본 사람은 없었습니다. 되도록 남보다 더 좋은 꽃을 피게 하여서 혼자 상을 탈 욕심으로 일체 남에게 보이지를 않았습니다.

봄이 다 가고 여름이 오고, 여름이 또 깊어 가도록 쉬지도 못하고 일을 하면서 그러면서도 마링그와 병든 어머니는 날마다 정성껏 물을 주며 주의하여 길러도 웬일인지 영영 싹이 나오지 않았습니다.

그 구차한 살림 속에서 앓으면서도 일하면서도 마음껏 그 꽃나무를 기르는 가련한 모자는, 얼마나 그 꽃나무 싹에 희망을 붙였겠습니까? 그러나 이 연약한 모자의 얄팍한 그 희망이나마 헛되이 돌아가게 되는 것이, 두 사람에게는 가장 가슴 쓰라린 일이었습니다.

싹이 아니 나와도, 그래도 어머님과 착한 마링그의 정성은 끊이지 않아서, 자꾸 물을 주고 주고 하였습니다. 가을이 와서 나뭇잎이 떨어지고, 가을이 가고 또 눈이 오고, 그 눈이 녹아, 따뜻한 봄이 또다시 찾아왔습니다.

4월 5일의 즐거운 명절이 또 돌아왔습니다. 일 년 내 기르고 길러서, 좋고 예쁜 꽃을 피게 한 백성들이 오죽이나 이 날을 고대하였겠습니까?

시원하게 따뜻하게 평화롭게 날이 밝고, 아침 해가 솟기 시작하였습니다. 검사를 시작하는 종소리가 멀리 온 나라의 구석구석까지 울려 퍼졌습니다. 십만 원이나 되는 나라님의 상금을 누가 타게 되려는가? 백성의 가슴은 달음질하듯이 뛰놀았습니다.

1편_ 사랑의 선물

착하고 어지신 나라님이, 꽃으로 꾸민 황금 마차를 타시고, 그
뒤 마차에는 총리대신이 타고, 천천히 나아가시면서 마음의 꽃
핀 것을 조사하기 시작하였습니다. 포근포근한 봄볕이, 거둥하시
는4) 행렬을 따뜻이 비추었습니다.

일 년 두고 기른 아름다운 꽃을 곱게 들고,

'나야말로 십만 원을 탈 사람이다. 내 꽃이야말로 나라님께 상
을 탈 만큼 아름답게 피었지.'

하면서, 길거리에 산같이 모여선 백성들이 '만세 만세!'를 불렀습
니다.

그 모든 사람의 화분에는 가지각색의 꽃이 피었으나, 하나도 나
라님이 고개를 끄덕이시도록 핀 꽃은 없었습니다. 아무리 잘 핀
꽃을 보시어도, 웬일인지 낯을 찡그리시며, 몹시 노기를 나타내셨
습니다. 꼭 자기가 상을 탈 줄 알고 있던 사람들이 뜻밖의 일에
낙심하여 달려들면서,

"대신님, 제 꽃이야말로 다른 꽃보다 몇 백 갑절 잘 피었습니다.
자세히 보아 주십시오."

"아아, 벌써 보았네, 벌써 보았어. 꽃은 잘 피었네."

"십만 원을 타게 되겠습지요?"

"동전 한 푼도 못 타겠네."

이렇게 총리대신은 대답을 하면서, 나라님의 뒤를 따랐습니다.

보는 꽃마다 보는 꽃마다, 나쁘지 아니한 좋은 꽃이 피었으나 웬일인지 나라님께서는 낯을 찡그리시면서 자꾸 마차를 재촉하여 가셨습니다. 따르는 시종들도 그 까닭을 도무지 알지 못했습니다. 그 까닭을 아는 이는 오직 총리대신 한 사람뿐이었습니다.

아주 낙망하신 나라님께서는 그만 꽃은 보시려고도 아니 하시고 그냥 대궐로 도로 가시기로 하셨습니다. 십만 원의 상금을 실은 마차는 헛되이 나라님의 마차 앞에 서서 돌아가게 되었습니다.

그때에 돌아가시던 나라님의 마차가 마침 어느 한적한 길을 지날 때에 그 길가에서 어린 소년 한 사람이 울고 있는 것을 보시고, 그 이유를 물어 보라 하셨습니다. 총리대신은 곧 내려가서 그 우는 이유를 물었습니다. 울고 있던 소년은 가련한 마링그였습니다.

마링그는 눈물을 씻고 대답하였습니다.

"용서하여 주십시오, 다른 사람들은 모두 마음이 착해서 좋은 꽃을 피워가지고, 나라님께 검사를 받는데, 저는 마음이 다른 이만큼 착하지 못한가 봐요. 암만 정성껏 길러도 이렇게 싹도 아니 나왔습니다. 어머니와 제가 그렇게 정성을 들였건만, 아마도 제 마음이 몹시 나빠서, 싹도 나오지 않고 썩었나봅니다. 용서해 주십시오."

하고, 엎드렸습니다.

마링그는 나라님께 대단한 벌을 받으려니 하고, 자기自棄[5]하고 있었습니다. 총리대신이 그 소리를 듣더니, 별안간 큰 소리로,

"폐하시여! 기뻐하십시오, 마음의 꽃을 피게 한 사람이 여기 있습니다. 조그만 어린 소년이올시다."

나라님은 그 소리를 들으시고 얼른 마차에서 내려오셔서, 반갑게 한 손으로 마링그의 손을 잡으시고, 한 손으로 마링그의 머리를 어루만지면서,

"귀여운 소년이여! 이름이 무엇인가?"

하고 물으셨습니다.

"마링그올시다."

"오오, 마링그! 아아, 나의 실망을 네가 없애 주었다. 자아, 그 마차에 있는 십만 원을 주어라."

하고 명령하셨습니다.

앞 마차에 실었던 십만 원 든 함을 마링그 앞에 가져왔습니다. 마링그는 어떤 영문인지를 몰라서 창황망조(황송)하여 손을 비비

면서,

"아니올시다. 마음의 꽃이 피지를 못했습니다. 다른 이것은 잘 피었는데 제 것은 싹도 아니 났습니다. 용서하여 주십시오."

"아니다. 네가 상을 탈 사람이다. 어서 이 상금을 받아라."

"아니올시다. 꽃은커녕 싹도 아니 나왔습니다."

"아니다. 싹이 나오지 아니한 것이 정말이다. 내가 백성에게 나눠 준 마음의 꽃씨는 정말 꽃씨가 아니라, 쇠로 만든 것이었단다. 그런데 다른 백성들은 돈만 알기 때문에 십만 원을 타고 싶은 욕심에, 다른 꽃을 구해다 꽂은 것이란다. 그 쇠로 만든 씨를 암만 물을 뿌린들 싹이 나올 리가 있느냐? 꽃이 피지 아니한 것을 그대로 내어 논, 너의 그 깨끗하고 착한 마음에 지금 훌륭한 꽃이 핀 것이다. 너의 그 고운 마음속에는 세상에 제일가는 고운 꽃이 피어 있는 것이다. 아아, 귀여운 마링그야! 정직한 소년아, 아무쪼록 이 앞으로도 점점 더 깨끗한 사람이 되도록 하여라. 그렇게 되기 위하여 네 가슴 속에 지금 피어 있는 꽃을 아무쪼록 잘 기르도록 하여라."

일어서서 마링그는 절을 공손히 하고, 그 돈 함을 집어 어머니 앞에 갖다 놓아 달라 하였습니다. 병든 어머님도 나라님이 오신 것을 보고, 앓는 것도 잊어버리고, 황망히(급히) 일어서서 나라님을 뵈었습니다. 나라님께서는 여러 가지 모자의 신세를 들으시고, 더욱 마링그의 효성에 감동하시어 무한히 기뻐하시면서, 이날은 돌아가셨습니다.

그러는 동안에 마링그 어머님은, 웬일인지 그때 일어나서는 다시 눕지 않아도 아프시지 않게 병이 나으셨습니다.

그 다음날, 일반 백성 중에 꽃을 구해다 꽂은 백성은 벌금을 백 원씩 처하시는 일과 함께, 효성스러운 소년 마링그는 다만 한 분뿐이신 나라님의 따님과 결혼하여, 사위를 삼으실 일을 함께 발표하셨습니다.

---

1) 아지랑이진: 아지랑이의 눅눅한 기운이 서려 생기는 끈끈한 물질.
2) 경절: 온 국민이 기념하는 경사스러운 날.
3) 조석거리; 아침저녁 먹을거리.
4) 거둥하시는: 임금이 나들이하시는.
5) 자기(自棄): 스스로 자기 몸을 버리고 돌보지 않는 것.

꽃 속의 작은이

-덴마크 동화

별 잘 드는 마당 꽃밭에 장미꽃 나무가 있고, 그 나무에 어여쁜 꽃이 함빡 피어 있었습니다.

그런데 그 중에 제일 아름답고 소담스럽게 핀 꽃 속에 조그마한 사람이 하나 살고 있었습니다. 그 작은이는 두 어깨에 날개가 돋아서 발끝까지 내려갔고, 몸은 작고하여 여간하여서는 사람의 눈에도 얼른 띄지 않았습니다.

작은이는 그 속에 방을 정하고 침대를 놓고 사는데, 그 방 속에는 향긋한 향내가 가득하고 사면에 꽃 화판으로 된 벽은, 비단결보다 곱고 깨끗하게 비치고 있었습니다.

그 작은이의 얼굴이 이 세상 누구보다도 어여쁘고, 마음이 끔찍이 착해서, 아무 짓도 하지 않고, 그 향내 많고 따뜻한 꽃 속

집에서 날마다 날마다 평화롭게 놀고 있었습니다.

하루는 하도 볕이 따뜻하게 비치니까, 꽃 속의 작은이는 그 꽃잎에 나와 앉아서 가는 소리로 노래를 부르며 볕을 쪼이고 앉았는데, 어디서 부스럭하는 소리가 났으므로, 작은이는 깜짝 놀라 바라보았습니다.

"에그! 사람들이 온다!"

정말 어여쁜 색시 한 사람과 잘생긴 남자 아이 한 사람이 손목을 잡고 무어라고 이야기를 하면서 오더니, 장미꽃 나무 앞에 와서 앉았습니다. 꽃 속의 작은이는 이 어여쁜 어린 남녀의 이야기하는 소리를 재미있게 듣고 있었습니다.

색시와 어린 남자는 서로 사랑하고 서로 친하게 놀면서 한시도 못 만나면 섭섭해 하는데, 색시는 무서운 악한 남자에게 잡혀 와서 꼼짝 못하는 몸이 되었습니다. 악한 남자는 장차 그 색시를 자기 아내로 삼을 욕심이었습니다. 오늘도 넌지시 이 남자 아이가 찾아온 것이었습니다.

"암만해도 너와 나는 이별을 하게 되었다. 그 못된 악한 놈이 너를 잡아다 두고 꼼짝도 못하게 하니 어떻게 하니……."

하면서, 남자 아이가 탄식을 하였습니다.

"우리는 다시는 서로 만나서 놀지를 못하게 되었으니 하는 수 없다. 어느 때까지든지 다시 만날 때까지 몸이나 성하게 있어라."

하면서 가려고 하였습니다. 색시는 아무 말 없이 자꾸 눈물을 흘리면서 울었습니다. 한참이나 울다가 눈물을 씻고, 좋은 장미꽃 하나를 꺾어서 남자 아이에게 주었습니다. 그 꽃을 남자에게 줄 때에 색시는 그 꽃에 입을 맞추었습니다. 꽃은 색시와 입을 맞추더니 활짝 피었습니다.

그때, 이때까지 두 사람의 이야기를 듣고 있던 작은이는 훌쩍 날아서 색시가 남자에게 주는 꽃 속으로 들어가 앉았습니다.

"잘 있거라."

"잘 가거라."

슬픈 인사 소리까지 자세히 들었습니다. 그리고 자기가 앉은 채로 그 꽃이 남자 아이 양복 가슴에 꽂힌 것도 알았습니다. 색시와 작별하는 남자의 가슴이 어찌 뛰는지 벌럭벌럭하고 가슴이 자꾸 뛰어서, 그러는 대로 꽃이 자꾸 흔들려 꽃 속의 작은이는 조용히 잘 수가 없었습니다.

그러나 잠깐 지난 후에는 가슴이 진정된 모양이어서 조용하여졌습니다. 남자는 가슴에 꽂힌 꽃을 빼어 다시 손에 들고 깊은 소나무 숲 속으로 혼자 걸아가면서 자꾸 그 꽃을 입에 대고 입을 맞추었습니다. 어찌 입술을 대고 누르는지 꽃 속에서 자고 있던 작은이는 눌려서 찌그러질 뻔하였습니다. 그 남자의 입술은 불같이 뜨거웠으므로, 그 기운이 옮아서 꽃잎까지 뜨거워졌습니다.

색시가 준 꽃에 입을 연해 맞추면서 남자 아이는 자꾸 걸어 어둔 숲 속 길로 깊이 들어갔습니다.

그때, 별안간 사납게 생긴 남자 한 명이 어디선지도 모르게 달려들었습니다. 사납게 생긴 그 남자는 색시를 잡아다 기르는 악한 남자였는데, 손에 들었던 시퍼런 칼을 번개같이 번쩍 들더니 꽃에 입 맞추는 아이를 한 번에 찔러 죽였습니다. 그리고 악한은 죽어 넘어진 아이의 목을 베어 잘라서 따로따로 내어 가지고 느티나무 밑에 한꺼번에 파묻어 버렸습니다.

"이렇게 파묻어 버리면 어느 놈이 알 수가 있을 테냐."

하고는,

"다시 이놈 때문에 그 애가 그렇게 못 잊어 하는데, 이젠 이놈을 없앴으니까 시원하다."

하고 중얼거렸습니다.

어느 틈에 몹시 어두워졌으므로 악한 놈은 모자를 집어 쓰고 집으로 돌아갔습니다. 그러나 그때, 모자를 쓰기 전에 느티나무 잎사귀 하나가 머리 위에 떨어지자, 그 속에 있던 작은이가 얼른 그 나뭇잎에 똘똘 뭉쳐서 머리 위에 앉았는데, 그런 줄은 모르고 악한 놈은 그냥 그 위에 모자를 쓰고 돌아갔습니다. 모자 속은 몹시 캄캄하고 갑갑하였으나 작은이는 그래도 참고 있었습니다.

집에 돌아올 때는 밤이 꽤 깊었습니다. 악한은 모자를 벗어 들고 색시의 방으로 먼저 들어갔습니다. 그때, 색시는 침대 위에 누워 그리운 남자 아이를 꿈꾸면서 자고 있었습니다. 지금쯤 그 남자 아이는 자기가 준 장미꽃을 가슴에 꽂고, 숲속을 지나 고개를 넘고 넘어, 먼 길을 가는 줄로 알고 있었습니다.

선녀 같이 깨끗하고 복스러운 얼굴은 고요하게 잠이 들고, 다만 코 고는 소리가 가늘게 조용히 들렸습니다. 악한 놈은 바싹 가서 고개를 숙여 그 잠자는 평화로운 얼굴을 들여다보고 빙그레 웃었습니다. 얼마나 귀신같이 무서운 웃음이었겠습니까.

그때, 작은이는 느티나무 잎과 함께 떨어져서 색시가 덮고 자는 이불 위에 내려앉았습니다. 그러나 악한은 그것을 알지 못하고 자기 방으로 자러 갔습니다.

악한이 돌아가는 발소리가 점점 멀어져서, 아주 안 들리게 된 후에, 작은이는 나뭇잎에서 나와서 잠자는 색시의 옥 같은 하얀 귓속으로 들어갔습니다. 그 귀 속에서 마치 꿈속에 이야기하듯이 착한 그 아이가 장미꽃에 입을 맞추면서 가다가, 깊은 숲 속에서 이 집 주인 악한의 칼에 찔려 죽은 이야기와 그 송장이 느티나무 밑에 파묻혀 있는 이야기까지 자세자세 하고 나서,

"내가 한 말은 정말입니다. 결코 꿈으로 알아서는 안 됩니다. 이 말이 꿈이 아닌 증거로, 당신 이불 위에 느티나무 잎이 하나 있을 터이니 그리 알고, 그 느티나무 잎은 아이가 파묻힌 그 나뭇잎이 여기까지 온 겁니다."

라고 말하였습니다. 작은이가 정성껏 이야기한 이 말은 색시가 꿈을 꾸면서 자세히 알았습니다. 그래서 얼른 깨어서,

"에그, 나쁜 꿈도 꾸었다!"

하고 보니까, 과연 이불 위에 느티나무 잎이 있으므로 색시는 서러워 자꾸자꾸 울었습니다. 눈물은 마를 새 없이 자꾸 흐르고, 밥도 안 먹고 자꾸 울기만 하였습니다.

작은이는 들창이 열려 있으니까 어디론지 날아가면서 갈 수가 있었으나 색시가 불쌍하여 차마 떠날 수가 없으므로, 아무 데도 가지 아니하고, 들창 옆 장미꽃 핀 꽃나무 분이 놓여 있으므로,

그 장미꽃 속에 들어가 불쌍한 색시를 보고 있었습니다.

악한은 가끔가끔 색시를 들여다보고 가는데, 그렇게 사람을 죽이고도 퍽 마음이 편하고 즐거운 모양이었습니다. 그러나 색시는 도무지 입을 벌리지 않고 말 한 마디 하지 아니하였습니다.

그날 밤이 되어서 색시는 넌지시 나와서, 숲 속으로 느티나무를 찾아갔습니다. 정신없이 한참이나 가서, 기어코 느티나무를 찾아 땅을 파 보았더니, 과연 사랑하던 아이의 송장이 목은 목대로 몸은 몸대로 따로 파묻혀 있었습니다. 색시는 송장을 붙들고 소리쳐 울었습니다. 울고 울고 자꾸 울면서 자기도 죽게 하여 달라고 기도를 올렸습니다.

한참이나 울면서 눈물을 씻고 나서, 어떻게든지 이 가엾은 송장을 가지고 가고자 하였습니다. 그러나 그 송장을 가지고 가는 수는 없었습니다. 만일, 그 송장을 가지고 갔다가 들키거나 하면, 그 흉악한 사람이 또 무슨 짓을 할는지 알지 못하였습니다. 생각다 못하여 그 몸은 다시 잘 묻어 주고, 떨어진 목만 가지고 가기로 하여, 가지고 왔던 보자기에 싸 가지고 돌아왔습니다. 넌지시 자기 방으로 들어와서는 제일 커다란 항아리 같은 화병에 그 목을 잘 파묻고, 그 위에 매화꽃 나무를 꺾어다 꽂았습니다.

"나는 갑니다. 나는 갑니다."

하고, 장미꽃 속에 있던 작은이가 인사를 하였습니다. 불쌍한 색시의 울면서 하는 짓을 차마 볼 수가 없어서 훨훨 날아서 자기의 꽃집을 찾아 돌아갔습니다.

그러나 장미꽃은 모두 빛이 여위어 늘어지고 어떤 것은 벌써 지기를 시작하여, 서너 조각 꽃잎이 흩어져 잔디 위에 떨어져 있었습니다.

"아아, 왜 이렇게 착하고 어여쁜 것이 일찍 죽게 되는가?"

하고, 작은이는 탄식을 하였습니다. 그리고 하는 수 없이 다른 꽃을 골라서 집을 정하고 옮기어 살기로 하였습니다.

그 후부터 작은이는 매일 아침때마다 악한의 집 색시방 들창 옆에 와서 색시의 안부를 보았습니다. 올 적마다 색시는 언제든지 매화나무를 꽂아 놓은 화병 옆에 서서 울고 있었습니다.

색시의 애끓는 눈물은 자꾸 흘러서 매화나무 가지를 적셨습니다. 이렇게 날마다 날마다 울고만 있으므로 색시의 그 화색 좋던 얼굴을 점점 파리해져 가고, 그 대신 매화나무 가지는 점점 생기 있게 커 갔습니다. 그렇게 커 가더니 이상도 하지요. 철도 아닌데 파란 싹이 돋고, 하얀 꽃봉오리가 맺혔습니다.

색시는 거기다가 입술을 대고 입을 맞추었습니다. 악한은 그것을 보고 '어리석은 짓도 한다!' 하고 생각하였으나, 하도 열성으로 하는 것을 보고 이상하게 생각하였습니다. 무슨 일로 저렇게 날마다 울고만 있으며, 무슨 일로 반드시 눈물을 화병 위에 흘리는가, 아무리 생각하여도 알 수가 없습니다. 악한은 그 꽃병 속에 자기가 죽인 아이의 얼굴이 파묻혀 있는 줄은 꿈에도 알지 못하였습니다.

날마다 이 말라 가고 얼굴이 파리해져 가는 불쌍한 색시가, 하루는 꽃 핀 화병에 고개를 기대고 기운 없이 있었습니다. 그것을 보고 꽃 속의 작은이가 그 색시의 잠드는 것을 보고 귓속으로 들어가서, 꿈에 하는 소리같이 전에 귀여운 사내아이가 살아 있을 때, 장미꽃 나무 밑에서 얘기하던 일이며, 그때 꺾어 준 장미꽃이 향내가 좋던 것과 그 꽃을 가지고 가면서 입을 자꾸 맞추던 이야기를 하였습니다.

잠든 색시는 그대로 꿈을 꾸었습니다. 그리고 색시는 그대로 그 황홀한 꿈속에 깊이 들어가 버렸습니다. 색시의 혼은 점점 이 세상을 떠났습니다. 색시는 꿈을 꾸면서 조용하게 죽어 갔습니다. 사랑하는 아이를 따라간 것입니다.

희고 향기 좋은 매화꽃은 활짝 피었습니다. 그러나 그 꽃나무에 날마다 눈물을 흘리던 색시는 벌써 이 세상에 있지 아니하였습니다. 그 대신으로 그 후에는 그 집 악한이 그 꽃을 보고,

"이것은 우리 색시가 정성껏 기른 꽃이니까, 그 색시가 두고 간 표적이 다. 내 머리맡에다 갖다 놓고 보아야지."

하고, 자기 방으로 옮겨다 놓고는 매일 그 꽃향기를 맡았습니다.

장미꽃 속의 작은이는 화병의 매화나무의 꽃마다 찾아갔습니다. 그 꽃에는 꽃마다 혼이 있었습니다. 작은이는 그 꽃마다 찾아가서, 그 혼을 보고 예쁜 사내아이가 칼에 찔려 죽은 일과, 그 얼굴이 병 속에 파묻혀 있는 일과, 악한의 일과, 불쌍한 색시까지 따라 죽은 일을 이야기하였습니다.

"우리도 다 알고 있다."

하고, 혼은 고개를 끄덕이었습니다.

"우리도 다 알고 있다. 매화꽃은 우리 뿌리 밑에 있는 그 얼굴에서 나왔단다! 자세히 알고 있다. 염려 마라."

하였습니다. 그리고는 그 꽃의 혼들이 저희끼리 모여서 수군수군하고, 고개를 끄덕이기도 하면서 무슨 일인지 의논하고 있었습니다.

작은이는 또 이번에는 꽃에서 꿀을 모아가는 벌을 찾아갔습니다.

찾아가서는 어여쁜 사내아이 죽은 일과, 악한의 일과, 불쌍하게 죽은 색시 일을 모두 왕벌에게 이야기하였습니다. 그 이야기를 들은 왕벌은 대단히 노해서,

"그런 못된 놈은 내일 아침에 죽여 버려라!"

하고 벌 떼에게 명령하였습니다. 벌 떼는 모두 준비를 하였습니다.

그러나 그날 밤이 색시가 죽던 그날 밤이었습니다. 매화꽃 병이 그의 머리맡에서 냄새를 피우고 있었습니다. 꽃마다 활짝활짝 피어 있었습니다.

그런데 그 꽃 속에서 눈에 잘 보이지도 않는 조그만 혼들이 창과 칼들을 들고 나왔습니다. 그 창과 칼끝에는 모두 독한 냄새가 묻어 있었는데, 혼들은 우선 악한의 귓속에 들어가서 그놈의 나쁜 짓한 죄적을 외우고, 사형을 집행한다는 소리를 지르고 다시 튀어나와서, 일시에 악한의 혓바닥을 창으로 찌르고, 칼로 찢고, 코를 쑤시고, 그리고는 다시 꽃 속으로 들어가 버렸습니다.

밤이 새고 날이 밝아서, 그 방 들창으로 작은이와 왕벌이 선봉대장이 되고, 모든 벌 떼가 악한을 쏘아 죽이려고 몰려 들어가 보니까 벌써 악한은 간밤에 죽어 늘어져 있었습니다.

그리고 그 침대 옆에 사람들이 모여 서서,

"이 매화꽃의 냄새가 너무 독하여 그 독한 냄새를 마셔서 죽었다."

고 하고들 있었습니다.

그 소리를 듣고 작은이는,

'옳지! 그 꽃 혼들이 죽었구나!'

하였습니다.

그리고 그 이야기를 왕벌에게 하니까 왕벌은 좋아하면서, 여러 벌 떼와 함께 그 꽃나무를 에워싸고 훌훌 날았습니다.

사람들이 그걸 보고,

"에그, 웬 벌들이 이렇게 덤비나!"

하면서 벌을 쫓았습니다. 그러나 한 마리도 달아나지 않았습니다. 그러니까 하는 수 없이 쫓던 사람이 그 꽃병을 번쩍 들어 방 밖으로 내어 갔습니다. 그것을 보고 벌 한 마리가 얼른 가서, 그 화병 든 손을 쏘았습니다.

"에그, 따가!"

소리를 치고, 그는 화병을 떨어뜨렸습니다. 화병은 조각조각으로 깨어졌습니다.

그 속에서 하얀 해골이 나왔습니다. 사람들은 그것을 보고 비로소 그 죽은 주인이 사람을 죽인 악한인 것을 알았습니다.

왕벌은 여러 벌 떼를 데리고 공중을 날며,

"악한 놈은 죽었다! 악한 놈은 죽었다!"

하며 노래를 부르고, 작은이는 춤을 추면서,

"악한 놈은 죽었다. 원수는 시원히 죽었다!"

하며 노래를 불렀습니다. 그러니까,

"악한 놈은 죽었다! 색시 원수 갚았다! 신랑 원수 갚았다. 악한

놈은 죽었다."

하고 꽃 속에서 꽃의 혼들이 합창을 하였습니다.

2편_ 창작동화 18선

소파 방정환의

창작동화 18선

눈 어두운 포수

나무가 무성한 숲 옆에 큰 연못이 있고, 그 연못 옆에 크디큰 절이 있었습니다.

숲 속에 사는 사슴과 연못 속에 사는 자라와 절 지붕에 사는 올빼미는, 서로 몹시 친하게 정답게 지내는 터이었으므로 매양 셋이는 한데 모여서 재미있는 일을 서로 이야기하고, 매사를 서로 의논하고 지냈습니다.

그런데 하루는 이 근처에 사는 포수가 이마적(이즈음) 눈이 어두워서 사냥을 잘하지 못하던 터에, 사슴의 발자국을 보고 큰 수나 난 듯이 덫을 놓아두었습니다.

그런 줄을 알지 못하고 사슴이 지나가다가 보니까, 길옆에 훌륭한 먹을 것이 놓여 있는 것을 보고, 그것을 집어먹으려다가 그만 덫에 걸려 버렸습니다.

"아차차, 큰일 났다. 나 좀 살려 주, 나 좀 살려 주우."

하고 소리껏 외쳐 날뛰었습니다.

"이 깊은 밤중에 이게 웬 소리일까?"

하고, 자라가 소리 나는 곳에를 와 보니까, 친한 친구 사슴이 덫에 걸려 있지 않습니까? 몹시 놀라서,

"이것 큰일 났군!"

하고, 애를 무한 쓰지마는 어떻게 구원해 내는 수도 없고, 쩔쩔매기만 하고 있었습니다.

그러다가 올빼미가 자라를 보고 하는 말이,

"여보게 이러구만 있다가 날이 밝으면 포수가 올 것이니 어릿어릿하기만 하다가는 큰일 나겠네……. 자아, 내가 가서 어떻게든지 포수가 얼른 오지 못하도록만 해놓을 터이니, 자네는 그동안에 자네 날카로운 이빨로 그 덫줄을 끊어 보게."

"응 그러게. 그럼 내가 내 힘껏 끊어볼 터이니, 어쨌든지 포수가 얼른 오지 않도록만 해주게."

자라는 죽을힘을 다 들여 그 끈을 물어 끊으려고 달려들었습니다. 올빼미는 즉시 포수의 집으로 갔습니다. 가서는 날개로 그 집 문을 푸득푸득 두드렸습니다.

그때 마침 포수는 등불까지 켜 놓고 마악 사슴이 잡혔나, 덫을 보러 가려고 하는 참이었습니다. 그러자 문 밖에서 푸득푸득 문 두드리는 소리를 듣고 '무엇일까?' 하고, 나가서 문 밖으로 고개를 내어 밀고 휘휘 둘러보았습니다. 바깥은 캄캄한 밤중인데다가 눈이 어두워서, 더 캄캄할 뿐이었으나, 올빼미는 밤중일수록 더 잘 보이므로, 포수가 나오는 것을 보고 후닥닥 뛰어 달려들어서 날개로 얼굴을 쳤습니다.

"이크! 이게 무얼까?"

문을 얼른 닫고 돌아서면서,

"앞에는 무언지 이상한 놈이 있는 모양이니 뒷문으로 나가야겠군."

하고, 뒷문으로 돌아 나갔습니다.

그러나 올빼미는 '포수가 필시 이번에는 뒷문으로 나오리라.' 하고, 벌써 뒷문 밖으로 돌아가 있었습니다. 그런 줄을 모르고 포수가 뒷문으로 나서니까 이번에도 또 화닥닥 달려들어 얼굴을 쳤습니다. 날개가 눈에 스쳤던지 아뜩해져서 포수는 그냥 쓰러지면서 눈에서 눈물이 줄줄 흘렀습니다. 그 통에 올빼미는 급히 날아서 숲으로 돌아와 보니까 자라는 끙끙대면서 죽을힘을 들여가며 끈을 끊고 있는 중이었습니다.

"여보게, 이때껏 못 끊었나?"

"끈이 어떻게 굵은지……. 그래도 간신히 하나는 끊었는데 인제 나머지 하나를 마저 끊는 중일세. 포수는 어찌 되었나? 아직은 오지 않겠지?"

"포수는 염려 없네. 그렇지만 인제 곧 날이 밝게 되었으니까 얼마 안 있어 올라올 걸세……. 날만 밝으면 내 눈은 영 보이지를 않으니까 꼼짝 못하게 된다네. 그 끈이 얼른 마저 끊어져야 할 텐데……."

"염려 말게. 내 이가 부러지더라도 끊고야 말 터이니."

하고, 이렇게 동무를 위하여 힘과 재주를 다 써 가며 애를 썼습니다. 기어코 날은 밝았습니다. 벌써 포수가 손에 몽둥이를 들고 올라옵니다.

큰일 났습니다. 끈은 채 끊지도 못하고, 자라는 달아날 재주도 없고 올빼미는 눈이 보이지를 않고…….

"인제는 큰일 났구나."

하고, 사슴은 마지막 기운을 다하여 몸부림을 하였습니다. 그러니까 자라가 거의 다 끊어 놓은 것이라 끈이 탁 끊어지자, 옳다구나 하고 사슴은 후닥닥 뛰어 달아났습니다.

'에그, 저를 어쩌나! 덫에 걸려 있던 사슴을 놓쳐 버리다니!'

하면서, 포수는 사슴 달아나는 것을 보고 분해하였습니다. 그러나 그 대신 날이 밝았으므로, 눈이 보이지를 않아서 달아나지도 못하고, 어릿어릿하는 올빼미와 걸음이 느려서 꾸물꾸물하고 있는 자라를 잡아가지고,

'에에, 사슴을 놓친 대신, 이놈을 잡아서 덜 섭섭하다.'

하면서 집으로 돌아왔습니다.

사슴은 다행히 살아오기는 왔으나, 자기를 살리려고 애를 쓰던 올빼미와 자라가 포수에게 잡혀 가서 큰 변을 당할 일을 생각하니까, 잠시도 마음이 놓이지를 않아서 위험한 것도 생각하지 아니하고 다시 포수의 집으로 왔습니다. 들창¹⁾ 밖에서 가만히 들여다보노라니까 포수는 올빼미와 자라를 새끼줄로 친친 감아서 들고,

"이렇게 매 두었다가 내일은 잡아먹어야지……."

하면서 벽을 향하고 일어서서,

---

1) 들창: 벽 위에 만든 작은 창

‘어디 걸어 놓을 못이 없나?’

하면서 눈이 어두우니까, 손으로 벽을 문대면서 못을 찾습니다.

‘옳지!’

하고, 사슴은 자기의 두 뿔을 들창 안으로 쑥 들이밀었습니다.

‘옳지, 훌륭한 것이 있구먼.’

하고, 눈 어두운 포수는 그것이 사슴의 뿔인 줄 모르고 이쪽 뿔에는 올빼미를 걸고, 저쪽 뿔에는 자라를 걸어 놓았습니다.

사슴은,

‘인제 되었다.’

하고, 두 뿔에 두 동무를 건 채로 그냥 뛰어 달아났습니다. 포수가 깜짝 놀라 문 밖으로 뛰어나왔을 때에는 사슴은 벌써 어디까지 뛰어갔는지 알 수도 없었습니다.

숲 속에 와서 사슴은 두 동무의 묶인 것을 풀어 주었습니다. 그리고 이후부터는 더욱 더욱 친절히 지내고, 서로 서로 도와갈 일을 약속하고 하나는 숲으로, 하나는 연못으로, 하나는 절 지붕 위로 제각각 쉬러 돌아갔습니다.

두더지의 혼인

저 충청도 은진이라는 시골에 은진 미륵이라는 굉장히 큰 미륵님[2]이 있습니다. 온몸을 큰 바위로 깎아 만든 것인데, 키가 60척 7촌(약 18.4m)이나 되어서 하늘을 찌를 듯이 높다랗게 우뚝 서 있습니다.

그 은진 미륵님 있는 근처 땅 속에 땅두더지 내외가 딸 하나를 데리고 사는데, 딸의 얼굴이 얼마나 예쁘고 얌전하게 생겼는지, 이 넓은 세상에 내 딸보다 더 잘생긴 얼굴이 또 있을까 싶어서, 이렇게 천하 일등으로 잘생긴 딸을 가졌으니, 사위를 얻되 역시 세상천지에 제일 높고 제일 윗자리 가는 것을 고르고 골라서 혼인을 하리라 하고 늘 그 생각만 하고 있었습니다.

---

2) 미륵님: 미륵보살(도솔천에 살며, 석가가 돌아가신 지 56억 7천만 년 후에 미륵불로 세상에 나타나 중생을 제도한다는 보살)

그래서 이 친구 저 친구 아무나 만나는 대로 붙잡고는 이 세상에서 제일 첫째가는 잘난 것이 무엇이냐고 물었습니다.

그럴 때마다 모두,

"그야, 이 세상에서 저 파란 하느님이 제일이지요. 하느님보다 더 높고 잘난 것이 어디 있겠습니까?"

하였습니다. 그래서 땅두더지 영감은 보퉁이를 짊어지고 지팡이를 짚어 가며 하느님께로 갔습니다. 먼저 잘생긴 딸 자랑을 하고 나서,

"하느님께서는 이 세상에 제일 높으신 어른이시니 제 딸과 혼인하시지 않으시겠습니까?"

하였습니다. 그러나 파란 두루마기[3]를 입으신 하느님은 고개를 좌우로 흔들면서,

"아니 아니, 이 세상에는 나보다도 더 잘난 것이 있다네. 해님께로 찾아가게. 해님이야말로 이 세상을 자기 뜻대로 훤히 밝은 낮도 되게 하고 캄캄한 밤도 되게 하니 그보다 더 잘난 것이 어디 있겠나?"

---

3) 두루마기: 우리나라 고유의 웃옷으로 주로 외출할 때 입는 옷

하였습니다. 그 말을 듣고 보니, 딴은 해님이 이 세상에서 제일이 겠으므로, 두더지 영감은 하느님께 하직[4]하고 다시 지팡이를 짚고 해님께로 찾아가서 딸 잘생긴 자랑을 한 다음 혼인하는 것이 어떠시냐고 물었습니다.

그러니까 해님이 하는 말이,

"말을 들으니 고맙기는 하지만, 이 세상에는 나보다 더 잘난 것이 있다네. 내가 아무리 세상을 밝히려고 해도 구름이 와서 내 앞을 가리면 내 힘으로는 도저히 당할 수가 없으니, 구름은 확실히 나보다 잘난 것이 아니겠나. 구름에게로 가서 혼인을 청하는 것이 좋을 것일세."

하였습니다. 딴은 그럴 듯싶었습니다. 해님이 아무리 잘났더라도 구름을 만나기만 하면 숨어버리고 마는 것을 보아도 구름이 더 잘난 것이 확실한데, 구름하고 혼인을 하자니 구름은 원래 정처 없이 여기저기 떠돌아다니는 것이라, 그 귀여운 딸을 주기는 섭섭하기는 하지만, 그 무엇보다도 이 세상에서 제일 잘난 것을 골라 사위 삼으려는 마음이 간절한 그는 그 길로 구름에게로 달려갔

---

4) 하직: 먼 길을 떠날 때 웃어른에게 작별을 고함.

습니다.

　그때 구름은 성난 얼굴로 우르릉 우르릉 하고 천둥소리를 지르면서 비를 자꾸 뿌리고 있는 중이었습니다. 두더지 영감이 야단이나 만나지 아니할까 하고, 속으로 겁을 내면서 간신히 혼인 이야기를 꺼내고 나서,

　"하느님보다 해님이 더 잘난 이인데, 당신은 해님보다도 또 더 잘난 양반이기 때문에 찾아왔으니 제 딸하고 혼인을 하시는 것이 어떻습니까?"

하였습니다. 그 말을 듣더니 구름은 비를 뿌리던 것을 멈추고, 두더지 쪽으로 돌아앉기에 두더지는 허락하는 줄 알고 기뻐했습니다. 그랬더니 구름이 빙글빙글 웃으면서 하는 말이,

　"그야, 그까짓 해쯤이야 내가 우습게 여기지만, 나보다도 더 잘난 놈이 있다네. 내가 이렇게 해를 숨겨 버리고 비를 많이 뿌려서 세상이 모두 비에 떠내려가게 할 수도 있기는 하지만, 저 바람이란 놈만 만나면 그만 슬슬 쫓겨나게 되네그려. 자네도 보지 않았나? 구름이 암만 많이 쌓여 있어도 바람이란 놈이 오기만 하면 그만 슬슬 몰려서 산산이 헤어져 버리고 마는 것을……. 바람이 우리보다 몇 갑절 더 나으니 바람에게로 가게. 바람은 반드시 혼

인할걸세."

하였습니다. 그 말을 듣고 두더지 영감 생각에도 그럴 듯싶어서, 거기서 바람이 오기를 기다리고 있다가 바람이 와서 구름을 다 쫓은 후에 혼인 이야기를 건네었습니다. 거만스럽고 사나운 줄 알았던 바람은, 그리 거만하거나 사납지도 아니하고 부끄러운 듯이 수줍어하는 얼굴로,

"예, 사위를 삼으시겠다는 말씀은 대단히 고맙습니다마는, 저보다도 더 잘난 것이 있어 걱정입니다. 제가 힘껏 불면 구름도 쫓겨 달아나고, 배도 파선[5]이 되고, 나무도 부러져 달아나고, 안 쫓겨가는 놈이 없는데, 그 중에 충청도에 있는 은진 미륵님만을 영 꼼짝하는 법이 없습니다. 암만 내가 몹시 불어도 눈 하나 깜짝거리지 않지요. 나중에는 골이 나서 재채기나 하게 하려고 그 콧구멍 속으로 바람을 몹시 넣어도, 그래도 까딱 아니하고 웃는 얼굴 그대로 있습니다. 에 참 어떻게 그렇게 장사인지 무서워요. 암만해도 그 미륵님이 없어지기 전에는 제가 세상에 제일이란 말을 못하겠습니다."

---

5) 파선: 풍파 또는 어떤 장애물에 부딪쳐 배가 파괴됨.

라고 하였습니다. 딴은 그 말을 들으니 바람보다도 자기 시골에 서 있는 미륵님이 더 잘나기는 하였는데, 인제 두더지 영감은 고 단하여서 기운이 지쳐버렸습니다. 그래서 허덕허덕 지팡이를 짚 고 자기 시골로 돌아와서, 미륵님께로 간신히 갔습니다.

가서는 갖은 말재주를 다하고 미륵님께 찾아온 말씀을 하고 제 발 자기 딸과 혼인을 하여 달라고 졸랐습니다.

그러자 그 큰 미륵님은 그 큰 눈을 딱 뜨고, 그 넓은 입을 딱 다물고 점잖게 듣고 있더니, 두더지 영감의 말이 간신히 끝난 후 에야 천천히 말하기 시작하였습니다.

"으응, 자네 말이 그럴 듯하네, 나는 키가 크기도 하고 무서운 것도 없이 지내네. 해가 뜨거나 말거나, 어둡거나 밝거나, 춥거나 덥거나 걱정해 본 일이 없고, 또 구름이 항상 내 머리 옆을 지나 다니지만, 그놈이 비를 뿌리건 천둥소리를 지르건 조금도 두렵거 나 겁나는 일이 없었고, 또 아무리 세찬 바람이 불어와도, 콧구멍 에 아무리 찬바람을 불어넣어도 까딱한 일이 없으니 내가 참말 이 세상에 제일은 제일일걸세."

하는 말을 듣고 두더지 영감은 그만 좋아서,

"예, 제일이고말고요. 그러니 제 딸하고 혼인해 주시겠지요. 예?

혼인하시지요?"

하고 승낙하기를 독촉하였습니다.

　미륵님은 천천히 또 말하기를,

　"응, 그런데 내게도 꼭 한 가지 무서운 놈이 있는데."

하므로 두더지 영감은 눈을 부릅뜨고 바싹 다가앉으면서,

　"무서운 것이 무엇입니까, 무엇이어요?"

하고 조급히 물었습니다. 미륵님은 역시 천천히,

　"그 꼭 한 가지 무서운 놈은 다른 것이 아니라 내 발밑에 구멍을 파고 사는 두더지야. 그놈이 호리⁶⁾ 같은 발로 흙을 자꾸 후벼 파고 있으니 어찌 겁이 나지 않겠나? 해도 무섭지 않고 구름도 바람도 무서워하지 않는 내가, 그 두더지에게는 어떻게 당할 재주가 없으니 어쩐단 말인가. 그놈이 그렇게 내 발밑에 구멍을 자꾸 파면, 나중에는 세상에 제일이라던 내 몸이 그냥 쓰러져 버리고 말 터이니, 그렇게 무섭고 한심스러운 일이 어디 또 있겠는가? 아아, 참말이지 이 넓은 세상에 두더지처럼 무섭고 두더지보다 더 잘난 놈은 없는 줄 아네."

---

6) 호리: 소가 끄는 쟁기

하고 탄식하는 것을 보고 두더지 영감은,

'이 세상에 제일 무섭고 제일 잘난 것은 역시 우리 두더지밖에 없구나!'

생각하고, 곧 그 은진 미륵님 발밑에 산다는 두더지를 찾아가 보니, 아주 젊디젊은 잘생긴 사내 두더지였습니다.

그래서 혼인 이야기도 손쉽게 이루어져서, 곧 좋은 날을 가리어 혼인 잔치를 크게 차리고, 그 잘생긴 딸을 젊은 두더지에게로 시집보냈습니다.

잔치도 즐겁고 재미있게 무사히 치르고, 이 젊고 잘생긴 두더지 신랑 색시는 복이 많아서 오래도록 땅 속에서 잘 살았답니다.

선물 아닌 선물

옛날, 어느 나라에 몹시 마음이 착하고 인정 많은 안씨라는 사람이 있었습니다. 착하고 인정이 많은 그만큼 복이 많아서 어떻게 큰 부자였는지, 그 가진 보물이라든지, 날마다 흔히 쓰는 돈이든지, 크고 훌륭한 집이든지, 그 무엇이든지 그 나라 임금님보다도 더 굉장한 것 같았습니다.

이렇게 한 백성에 지나지 못하는 사람이 임금님보다도 덕이 많고 복이 많아서, 잘 차리고 산다는 것이 임금님 마음에 괘씸하고 밉게 생각되어서, 어떻게 하면 그놈을 없애 버리고 그 많은 재산을 모두 빼앗아 버릴까 하고 여러 가지 꾀를 생각하였습니다.

그래서 기어코 한 꾀를 내어가지고, 하루는 벼슬하는 사람들을 보내서 그 마음 착한 안씨를 잡아들였습니다.

아무 나쁜 일 한 것도 없고, 꿈에도 죄를 진 일이 없이, 별안간

에 영문 모르고 붙잡혀 온 안씨가 정신을 잃고 엎드려 있으니까,

"이놈, 네가 네 죄를 모를까?"

하고 호령을 하므로 아무 죄도 없습니다, 라고 대답하고 싶었으나 그렇게 대답하면 더 야단맞을까 겁나서 그저 죽은 체하고,

"그저 잘못했으니 살려 주십시오."

하고 정성으로 빌었습니다. 그러니까 비는 소리는 들은 체 만 체하고 '죽일 놈 살릴 놈'하고 야단 야단하더니 나중에,

"이놈, 네 집에는 이 세상에 없는 것이 없다 하니, 내가 가져오라는 선물 한 가지를 가져와야지 네 목숨을 살려 주지, 그렇지 못하면 네 목을 베어 바치리라."

합니다. 안씨는 선물 한 가지만 가져오면 살려준다는 말만 다행으로 여겨,

"예, 무엇이든지 그저 가져 오라시는 대로 가져올 터이니 살려만 주십시오."

하고 이마를 땅에다 자꾸 대었습니다.

"그러면 오늘부터 사흘 안으로, 낮도 밤도 아닌 때, 옷 아닌 옷을 입고, 말 아닌 말을 타고, 선물 아닌 선물을 가지고 오너라. 만일 사흘 안으로 그대로 시행하지 못하면 네 목을 베리라."

합니다.

　이런 일은 사람이 아니고 귀신이라도 하지 못할 일이라 이제는 죽었구나 하고 안씨는 얼굴이 파래져서 악을 쓰는 소리로,

　"그러지 말고 나를 지금 당장 죽여주십시오!"
하고 소리쳤습니다.

　그러나 그때는 벌써 임금님은 안으로 들어가 버리고 거기 있지 아니하였습니다. 안씨는 그만 다 죽은 사람처럼 기절하여 그 자리에 쓰러진 것을 여러 사람들이 간신히 메어다가 자기 집에다 뉘었습니다.

　이대로 사흘만 지나면 주인의 목이 베어지겠으니 그 큰 집안이 초상난 집처럼 곡성[7]이 진동하고, 또 그 소문을 듣는 사람마다,

　"그것은 임금님이 억지의 일이지, 낮도 밤도 아닌 때가 어디 있으며, 옷이 아닌 옷은 어디 있고, 말 아닌 말이 무어고, 선물 아닌 선물은 어디 있단 말이오. 하느님더러 가져오라면 가져올 듯싶단 말이오. 그렇게 죽이고 싶거든 차라리 그냥 죽어 버리는 것이 옳지……."

---

7) 곡성: 사람이 죽었을 때나 제사 때에 일정한 소리를 내어 우는 소리

하고들 모두 안 될 일이라 생각하고, 안씨가 죽게 된 것을 슬퍼하였습니다. 집안사람들은 울며불며 난리 난 집 같은데, 안씨는 이틀 지난 뒤에 그냥 들어가서 목을 베어 달라고 하기로 결심하고 음식도 자시지 않고 죽은 듯이 누워 있을 뿐이었습니다.

그날이 지나고, 그 이튿날이 또 지나고, 다음 다음 날 아침이었습니다. 이제 이날만 지나면 안씨는 죽게 되는 것이었습니다. 그런데 그날 아침에, 안씨의 외딸 열세 살 된 소녀가 자기 방에서 튀어나와서 아버님 방으로 뛰어가더니,

"아버님, 제가 이틀 동안 그 생각을 하다가 이제 좋은 꾀를 생각하였사오니, 아버님께서는 인제 염려 마시고 일어나셔서 기운을 차리십시오."

하고, 시원스럽게 나섰습니다.

소녀는 그날 저녁때 대궐 임금님 앞에 나왔습니다.

"아버님 대신에 소녀가 온 것을 용서하신다면 가지고 온 것을 드리겠습니다."

하니까, 임금은 마음에 퍽 신기하여,

"용서하마. 제일 첫째, 너는 낮도 밤도 아닌 때, 옷 아닌 옷을 입고, 말 아닌 말을 타고 왔느냐?"

하고 물었습니다.

"예, 지금 해가 막 졌으니 낮은 아니요, 아직 어둡지 아니한 황혼[8]시이오니 낮도 밤도 아닌 때 아닙니까?"

"응, 그것은 맞았다. 옷 아닌 옷은?"

"보시는 바와 같이 이렇게 그물을 휘감고 왔으니, 그물이 옷은 아니로되 몸을 가렸으니 옷 아닌 옷이 아닙니까?"

"허허, 그것도 맞았다. 또 그 다음엔?"

"저기 제가 타고 온 것을 보십시오. 노마(당나귀)를 타고 왔으니, 말은 아니로되 역시 말의 한 종류니 말 아닌 말이 아니고 무엇이겠습니까?"

"허, 그것 참 신통하게 생각했구나! 그래 이젠 정작 선물 아닌 선물을 가지고 왔느냐? 선물 아닌 선물?"

임금님 생각에는 다른 것은 다 잘 했어도, 선물 아닌 선물이야 이 세상에 있을 리가 없으니까, 그것은 못 가져왔으리라 생각하였습니다.

"예, 가져왔습니다. 옜습니다."

---

8) 황혼: 해가 지고 어둑어둑할 때

하고 임금님의 앞으로 바짝 나서서, 무언지 손아귀에 쥔 것을 임금님 손에 꼭 쥐어 주면서,

"자아, 꼭 받으셔요. 자아, 이젠 분명히 받으셨지요?"

합니다.

임금님은 무언지 조그만 것을 손속에 받아 들고 속으로,

'이것이 무엇일꼬?'

하면서,

"분명히 받긴 받았다. 그러나 선물 아닌 선물인지 이제 보아야지 알지."

하면서 그 손에 받아든 것을 펴 보았습니다. 손을 펴니까 손속에 있던 것이 별안간에 후루룩 하늘로 날아 달아나므로 깜짝 놀라 쳐다보니까 조그마한 새 새끼였습니다. 임금님이 하도 어이가 없어 입을 벌리고,

"이게 어디 선물이냐?"

하였습니다. 소녀는 생글생글 웃으면서,

"그러게 선물 아닌 선물이지요. 갖다 드렸으니, 선물은 선물이오, 달아나고 말았으니 선물이 아닌즉, 그것이 선물 아닌 선물이 아니고 무엇입니까? 그렇지 않습니까? 이젠 우리 아버지는 살려

주실 터이지요?"

"허 참, 그거 신통하다! 살려 주고말고, 너같이 신통한 사람의
아버지를 안 살려 주겠니? 허 참, 신통하다."

하면서, 오히려 마음이 기뻐서 좋아하였습니다.

그래 안씨를 곧 청하여 자기가 잘못하였노라 사과하고 그 소녀
와 자기의 아들을 혼인시키기로 약속하였습니다.

선물 아닌 선물

귀먹은 집오리

널따란 연못에 하얗고 어여쁜 집오리 두 마리가 길러지고 있었습니다. 두 마리가 모두 수컷이고, 모양도 쌍둥이같이 똑같았습니다.

그 중 한 마리는 불쌍하게 귀가 먹어서, 사람의 소리를 잘 알아듣지 못하는데, 다른 놈은 귀가 몹시 밝아서 사람들이 가는 소리로 소곤거리는 소리까지 잘 알아들으면서도, 귀먹은 오리를 잘 보아 주지 아니하고, 늘 속이기만 하였습니다.

매일 세 차례씩 주인집 아이가 연못가에 나와서, 땅 위에 먹을 것을 줍니다. 그때마다 귀 밝은 오리가,

"사람이 먹이를 줄 때 잘못 어릿어릿하다가는 잡히기 쉬우니까, 내가 먼저 가서 사람들의 소리를 들어 보아서, 위험하지 않거든 부를 것이니, 그때 와라."

고 속이고 제가 먼저 가서 싫도록 먹은 후에, 겨우 귀머거리를 불러서, 나머지를 먹게 하였습니다.

그래도 귀머거리 오리는 속는 줄도 모르고, 대단히 친한 동무로만 믿고, 날마다 찌꺼기만 먹고 있었습니다. 그런 줄을 모르고 주인집 아이는 잡힐 줄만 알고 있는 귀머거리를 '저 오리는 웬일인지 길이 들지 않는다'라고 생각하고 있었습니다.

하루는 저녁때, 주인 영감이 연못가에 와서 먹이를 뿌리면서,

"이 오리는 두 마리가 다 알을 낳지 않으니까, 오늘은 한 마리를 잡아먹어야겠다."

고 중얼거렸습니다. 그 소리를 벌써 알아듣고 귀밝은 놈이 계교[9]를 내서 귀머거리를 보고,

"여보게, 오늘은 잡힐 염려가 없으니 같이 가세."

하였습니다.

귀머거리는 속는 줄은 모르고 즐겨하면서, 귀밝은 놈을 따라 함께 먹으러 나갔습니다. 먹이를 한참 먹고 있노라니까, 별안간에 주인이 달려들면서, 오리를 잡으려고 하였습니다. 그런 줄 미리 알

_____

9) 계교: 요리조리 생각해 낸 꾀

고 귀밝은 놈은 처음부터 눈치만 채고 있다가, 얼른 연못 속으로 뛰어 들어갔습니다. 잡힌 것은 불쌍한 귀머거리였습니다. 귀밝은 놈에게 속은 줄은 알지 못하고, 날개를 잔뜩 붙잡힌 채로 매어 달려서 푸덕거리면서 소리쳐 울었습니다.

그 소리를 듣고 주인 아이가 쫓아와서,

"아버지, 그 오리를 왜 잡으셨습니까? 길도 잘 들었는데……."

하고 물었습니다. 아이는 그 오리가 늘 먼저 나와서 먹이를 잘 먹는 오리인 줄 알고, 물속에 있는 오리는 늘 나중에 나오는 오리여서, 오늘도 이때까지 아니 나온 줄 알았습니다. 주인 영감은 아이를 보고,

"알을 아니 낳으니까 잡아먹으련다."

하니까 아이는,

"그 오리는 길도 잘 들고 귀여우니 놓아 주시고, 잡으시려면 저 연못에 있는 놈을 잡으십시오. 저놈은 길도 안 들고 먹이도 나중에 나와서 먹는 놈이니까요."

하였습니다.

주인은 그럼 길 안든 오리를 잡기로 하자고, 그 잡았던 오리 발목에 헝겊을 감아서 놓아 주었습니다. 그리고 하는 말이,

"이렇게 길 잘 든 놈은 표를 해 두었다가, 이따가 밤에 자러 들어가거든 발목에 헝겊 없는 놈을 잡으면 된다."

하였습니다.

물속에서 귀밝은 놈이 벌써 알아들었습니다. 애써 계교를 내어, 귀먹은 놈이 잡히도록 하였더니, 이번에는 제가 잡히게 되었으므로, 또 계교를 내었습니다. 그래서 귀먹은 오리를 보고,

"여보게, 자네 큰일 났네. 자네 발목에 맨 헝겊이 바로 오늘 밤에 잡혀 죽을 표일세. 지금 얼른 풀어 버리게."

하였습니다.

그래도 귀머거리는 꼭 그걸 풀면 제가 죽게 되는 줄을 모르고,

"알려 주어서 대단히 감사하이."

하고, 절을 하면서 입으로 그 헝겊을 풀어 버렸습니다.

그러니까 귀밝은 놈은 속으로, '옳지, 이제 됐다.'하고 기뻐하면서, 던지는 그 헝겊을 제 발목에다 매려고 하였습니다. 그러나 아무리 매려고 애를 써도, 자기 입으로는 매어지지 않았습니다. 그래서 '어쩌면 좋을까?' 하고 이 궁리 저 궁리 하고 있는데, 그동안에 벌써 해가 지고, 밤이 되어 어두워 갑니다. 하는 수 없이 귀밝은 놈은 또 다른 꾀를 내어, 귀먹은 오리를 잡히게 하려고,

"여보게, 오늘은 자네가 먼저 들어가 자게. 나는 사람들이 무슨 의논을 하는지 듣고 와서 자겠네……."

하였습니다.

귀머거리는 안심하고 자러 들어갔습니다. 그것을 보고 귀밝은 놈은 '옳지 인제 저 놈만 잡히게 되었다.' 생각하고 즐거워하면서, 저는 연못가 으슥한 곳에 가서 숨어 앉아서 귀머거리가 잡혀 가기를 기다리고 있었습니다.

그 밤에 연못가에서 '끼룩 끼룩' 하고 괴롭게 오리가 우는 소리가 나므로, 주인과 그 아이가 뛰어가 보니, 오리 한 마리가 집에 들어가지도 않고 연못가에서 피투성이가 되어 죽어 자빠져 있었습니다.

"에에, 족제비에게 물려 죽었구나……. 그러나 마침 발에 헝겊 없는, 길 안든 오리였다."

하고 주인이 말하니까, 아이가 오리집을 들여다보고 나서,

"아버지, 이 오리에도 헝겊이 없습니다."

하였습니다.

귀밝은 놈이 여러 번 귀머거리를 죽게 하였으나, 결국 제가 죽은 것이었습니다.

까치의 옷

옛날 어느 산 속에, 조그만 집 한 채가 있고, 그 집에 노파 한 분이 젖먹이 어린 아기 하나를 얻어다가 기르고 있었습니다.

그리고 그 집 뒤꼍 담 안에 올빼미 한 마리와 까치 한 마리가 있었는데, 올빼미와 까치는 서로 매우 친하게 지내고 또 주인 노파에게도 퍽 친하게 굴었습니다.

하루는 밤에 노파가 마을에 볼일이 있어서 가기는 가야겠는데, 어린 아기 때문에 염려가 되어서, 얼른 가지를 못하고 주저주저하고 있었습니다. 밤중에 이 깊은 산 속에 아기를 두고 가도 괜찮을까 하고, 한참이나 망설이다가 언뜻 생각이 나서, 뒤꼍에 가서 나무 위에 있는 올빼미와 까치를 보고,

"내가 마을에 잠깐 다녀올 것이니, 너희가 그동안에 우리 아기를 잘 보아다오. 그 대신 잘만 보아 주면 내가 상으로 옷을 한 벌

씩 만들어 줄 것이니……."

하였습니다. 그러니까,

 "예, 그러겠습니다."

하고 대답하는 듯이 까치는 깍깍 울고, 올빼미는 꾸룩꾸룩 울었
습니다.

 노파는 대답을 듣고 안심하고 마을로 내려갔습니다. 깊은 산
속에 다만 한 채 있는 이 집에, 어린이 하나만 누워 있고, 밤은 점
점 깊어 갔습니다.

 캄캄한 산 속 저 밑에서 물소리만 출렁출렁 나고, 바람이 쏴아
불고 몹시 무서웠습니다. 그래도, 무서움을 아니 타고 올빼미와
까치는 나뭇가지에서 자지 않고, 앉아서 지키고 있었습니다. 밤
은 점점 깊어만 갔습니다.

 그때, 나무 밑에서 쏴아 하는 소리가 나더니, 밤눈 밝은 올빼미
가 눈을 둥그렇게 뜨고 내려다보니까, 아아 큰일 났습니다. 보기
에도 무서운 시커먼 구렁이가, 어린애가 자는 방을 향해서 자꾸
갑니다. 그래서 깜짝 놀라서 이것 큰일 났다고 까치를 보고 자꾸
울었습니다. 그 소리를 듣고 까치도 정신을 차려 보니까, 큰 구렁
이가 어린애 방으로 가는 것이 보였습니다.

큰일 났다고, 까치가 자꾸 깍깍 깍깍 울어서, 동무를 불렀습니다. 아닌 밤중에 군호[10] 소리를 듣고, 까치 떼가 금세 몰려왔습니다. 수많은 까치가 힘을 합하여 구렁이 몸뚱이를 쪼았습니다. 그때 벌써 구렁이는 방문턱에까지 왔으나, 까치 떼에게 뜯겨서 필경 죽어 늘어졌습니다.

구렁이가 죽는 것을 보고야 까치 떼는 헤어졌습니다. 올빼미와 까치는 혼이 나서 눈을 크게 뜨고, 또 지켰습니다. 얼마 아니 있어서, 마을에 갔던 노파가 다 꺼져 가는 등불을 들고, 어린애가 잘 있나 하면서, 급히 돌아왔습니다. 오니까 올빼미와 까치가 방문 앞에까지 와서 자꾸 우는 까닭에, 가서 등불을 밝혀 보니까, 거기 구렁이 한 마리가 몹시 뜯겨서, 피를 흘리고 죽어 늘어져 있었습니다. 노파는 어린애를 껴안고 기뻐하면서,

"우리 복덩이 잘도 잔다. 오오! 까치야 올빼미야, 기특하다. 너희가 아니었다면, 큰일 날 뻔하였구나! 내가 내일 좋은 옷을 지어 줄 것이니, 오늘은 편히 자거라."

하였습니다.

---

10) 군호: 자기편끼리 주고받던 암호나 신호

이튿날이 되어 노파는 약속대로 옷을 만들되, 올빼미에게는 얼룩덜룩하게 무늬 놓은 옷을 해 주고, 까치에게는 하얀 비단옷을 해 주었습니다. 그런데 올빼미는 진드근하니까, 옷도 얼른 몸에 맞도록 잘 되어서 먼저 입었지만, 까치는 하얀 비단옷 입는 게 좋아서 자꾸 경정경정 뛰어 돌아다녔습니다. 노파가 옷을 대강 만들어서 맞는지 안 맞는지 보려고, 한 번 입혀 보았습니다.

"애야, 좀 진드근하게 있거라. 어디 맞나 안 맞나 보자."

하여도, 까치는 옷을 입더니, 그만 무한 기뻐서 자꾸 경정경정 뛰어 돌아다녔습니다. 너무 그러니까, 노파도 성이 났습니다.

"글쎄, 이리 좀 오너라. 맞나 안 맞나 보자. 그렇게 말을 안 들으면, 그 때때옷에 검정 물을 끼얹을 테다."

하여도, 까치는 그저 새 옷 입는 게 좋아서, 자꾸 뛰어다니기만 했습니다.

"그래도 안 올 테냐?"

소리를 질러도 까치는 기뻐서 뛰느라고 듣지도 못하고, 그저 좋아서 경정경정 뛰어 돌아다니기만 했습니다. 노파는 참다 참다 못해서,

"예끼, 이 녀석!"

하고, 옆의 대야에 있던 검정 물을 내어 끼얹었습니다.

까치는 겅정겅정 뛰다가, 머리에서부터 검정 물을 뒤집어쓰고, 그 하얗던 비단 옷까지 까맣게 되었습니다. 그리고 다만 배때기만 물을 안 맞아서, 하얀 채로 있었습니다.

그래도 까치는 그저 새 옷 입는 게 좋아서, 그저 겅정겅정 뛰어다녔습니다. 그래서 까치는 등이 까맣고, 지금까지도 그 옷을 그대로 입고 좋아서 겅정겅정 뛰어다닌답니다.

까치의 옷

과거문제

옛날 아주 옛날, 우리나라에 몹시 어진 임금이 한 분 있었습니다. 아무쪼록 다스려가는 데 잘못되는 일이 없도록 하기 위하여, 항상 백성들의 살아가는 모양을 보고 싶어 하였습니다.

그래 가끔 한 지나가는 행인처럼 복색을 차리고, 다만 혼자 남의 눈에 뜨이지 않게 백성들 틈에 끼어서, 거리를 돌아다니곤 하였습니다.

하룻밤에는 가난한 사람들만 사는 듯싶은 쓸쓸한 동네를 거닐려니까, 어느 조그만 쓰러져 가는 집 속에서, 이상한 소리로 노래를 부르는 소리가 들리었습니다.

"대체 우습기도 하다. 노래하는 소리가 울음소리 같구나!"

하고, 임금은 가깝게 가서 그 다 쓰러진 오막살이집 뚫어진 창틈으로 가만히 들여다보았습니다.

보니까, 이상한 일도 많지요. 이십오륙 세 되어 보이는 아름답게 생긴 젊은 여자가, 머리는 중처럼 새빨갛게 깎고, 춤을 덩실덩실 추고 있고, 그 옆에 삼십 세쯤 된 마른 남자가 한 사람이 앉아서, 눈물을 줄줄 흘리면서 우는 소리로 노래를 부르고 있습니다.

점점 이상하여, 이 집이 혹시 도깨비집이나 아닌가 싶어, 더욱 궁금한 마음으로, 두 눈을 씻고 자세히 들여다본즉, 그 두 남녀의 옆에는 한 늙은 영감이 엎드려 흑흑 느껴 울고 있었습니다.

"하하 이것은 반드시 무슨 까닭이 있는 모양이다!"

하고, 임금은 참다못하여 그 다 쓰러져 가는 이상한 집 대문을 열고, 쑥 들어갔습니다.

"여보시오, 나는 길 가는 사람이올시다만, 묻고 갈 것이 있어서 들어왔는데, 대체 당신들이 울면서 노래를 부르고, 젊은 부인이 머리를 깎고 춤을 추는 것은 무슨 까닭입니까?"

하고 물었습니다.

그 집의 세 사람은 그가 임금인 줄은 알지 못하나, 지나가는 행인이로되, 보아하니 점잖고 귀하게 생긴 인물이라, 의심할 것 없이 엎드려 울던 영감이 일어나서 숨김없이 이렇게 대답하였습니다.

"지금 우는 소리로 노래를 부른 것은 우리 아들이고, 춤을 추던 머리 깎은 여자는 우리 며느리랍니다. 나는 몸이 늙은 위에, 벌써 삼 년 전부터 고치지 못할 중병이 들어서, 이날까지 마당에도 내려가 보지 못하고 앓고만 있는데, 요사이는 아들까지 병이 들어서 돈벌이를 못하고 있습니다. 그래 우리 며느리가 여자의 몸으로 품삯을 팔아서 우리 부자를 먹여 오기는 하였으나 약 한 첩 지어 올 돈이 없었답니다. 그런데, 오늘 다리꼭지 장수가 와서, 우리 며느리의 머리가 좋은 것을 보고, 하도 탐스러워서 '돈을 많이 줄 터이니 팔지 않을 터이냐?'고 하기에, 내가 안 판다고 하였건만, 며느리가 우리 모르는 동안에 자기 머리를 빨갛게 깎아서 팔아 버렸습니다 그려……. 그래, 그 돈으로 우리 부자의 약을 사 온다고 하기에, 약값은 장만되었으나, 내 마음에 며느리가 하도 불쌍하여서 눈물을 흘리고 울고 있으니까, 우리 아들이 효성스런 사람이라 나를 위로하느라고 노래를 부르는데, 부르기는 부르지만 제 마음도 슬퍼서 그렇게 우는 소리로 노래를 불렀답니다. 그러니까 우리 부자의 마음을 위로하느라고 머리를 깎은 며느리가 그렇게 춤을 추고 있었답니다."

이야기하는 중에도 슬픔을 못 이겨 흑흑 느껴가며 하는 말을 끝까지 듣고, 임금님도 눈물이 흐르는 것을 금치 못하였습니다.

그리고 세상에 이보다 더 마음이 착하고 효성이 지극한 사람들은 다시없으리라고, 더할 수 없이 감복하였습니다.

"참말 감복할 일입니다. 이렇게 착하고 효성스런 사람이 만일 이 나라의 제일 높은 대신이 된다 하면, 얼마나 백성을 친절하게 잘 다스리겠습니까."

하니까, 세 식구는 눈이 둥그레졌습니다.

"예엣? 대신이 되라구요?"

"정말입니다. 당신 같은 이가 이 나라 대신이 되었으면 오죽 좋겠습니까! 옳지, 내일 모레 아침부터 대궐 안에서 큰 과거를 보이니, 그날 가서 과거를 보아 대신이 되십시오."

하였습니다.

"처, 처, 천만에요. 저는 인제 간신히 편지나 한 장 쓸 만밖에 못 되는데요. 대신이 무업니까."

"아니오. 대신 노릇은 반드시 글을 잘 해야만 되는 것이 아닙니다. 어쨌든지 그날 가서 보시구려……. 문제는 아주 쉽게 날 터이니!"

하고, 임금은 아무쪼록 그날 과거를 보라고 친절히 권하고, 그 집을 나와 버렸습니다.

이상한 행인이 나간 후에 세 식구는 의논이 분분하였으나, 모두 생각하기에 암만해도 그 사람이 보통 행인이 아닌 모양이니, 그 말대로 과거를 보아 보는 것이 좋겠다고 하였습니다.

다음 다음 날이 되었습니다. 대궐 안에서는 큰 과거를 보인다고 천하에 글 잘하는 학자란 학자는 모두 모여들어서 장안이 벌컥 뒤집힌 것 같았습니다.

제각기 장원할 듯이 잘 차리고 거드럭거리면서, 대궐로 모여 들어가는 학자들 틈에, 더러운 헤진 옷을 입은, 그 울면서 노래를 부르던 불쌍한 아들도 섞이어 있었습니다.

모든 학자들이 가슴을 두근거리면서,

"무슨 문제가 나려나?"

하고 기다리고 있는데, 이윽고 내어 걸린 문제를 보니까,

父泣(부립; 아비는 울고)

夫歌(부가; 지아비는 노래 부르고)

婦舞(부무; 며느리는 춤추다)

이러하였습니다.

난다 긴다 하는 학자들도, 아무리 고개를 이리 틀고 저리 틀고 하면서 궁리하여도, 무슨 의미인지 모르겠고, 암만 머리를 돌리고 생전에 배운 것을 다 생각해 보아도, 아무 책에도 그런 것이

적히어 있는 책이 없었습니다.

생각하다 못하여, 아무렇게나 우물쭈물 써 들여간 사람도 있고, 또는 아무것도 못 쓰고 흰 종이를 그냥 바치어 모두들 낙제를 하였습니다.

그러나 이 이상한 문제를 잘 알고 글을 잘 지어서 급제하여 뽑힌 사람이 단 한 사람 있었습니다.

그 후, 그 사람이 대신이 되었을 때, 대신의 부인은 머리가 없다는 소문이 돌았으나, 나라를 잘 다스리고, 부인은 시아버지를 잘 봉양[11]하여 늙도록 잘 살았습니다.

---

11) 봉양: 부모나 조부모를 받들어 섬김.

양초 귀신

옛적 아주 어수룩한 옛적에 시골 양반 한 분이 서울 구경을 왔다가, 불만 켜 대면 온 방안이 환하게 밝아지는 초를 처음 보고, 어찌 신기한지 많이 사가지고 내려가서, 자기 동네의 집집마다 찾아가서, 서울 구경 이야기를 자랑삼아 하고, 서울 갔던 표적[12]으로 그 신기한 양초를 세 개씩 나눠 주었습니다.

동네 사람들은 그 처음 보는 물건을 받기는 받았어도, 무엇하는 것인지, 어떻게 쓰는 것인지 알지를 못하여, 퍽 갑갑해 하였습니다.

그러나 사다준 사람에게 새삼스럽게 물어 보기는 부끄러우니까, 물어 보지도 못하고, 저희들끼리만 이 집 저 집 찾아다니면서, 서로 물어 보았으나, 한 사람도 그 하얗고 가늘고 길쭉한 것이 무

---

12) 표적: 목표로 삼는 물건

엇 하는 것인지를, 도무지 알지 못하였습니다.

그래, 하다 하다 못하여 젊은 상투쟁이[13] 다섯 사람이 그것을 손에 들고, 그 동네에서 아는 것 많기로 유명한 글방 선생님께로 물으러 갔습니다.

"선생님! 이번에 뒷마을 사는 송 서방이, 서울서 이런 것을 사 가지고 와서, 서울 갔던 표적이라고, 집집에 세 개씩 주었는데, 선생님 댁에도 이런 것을 가져왔습니까?"

"응, 가져오구말구. 우리 집에는 아홉 개나 가져왔다네."

"예에, 선생님께는 특별히 많이 가져왔습니다그려……. 그런데 저희는 이것이 무엇인지, 무엇에 쓰는 것인지 알 수가 있어야지요. 그래서 무엇에 쓰는 것인지 여쭈어 보러 왔습니다."

"그까짓 것도 모르는 사람이 있단 말인가. 죽게, 죽어 버리게, 죽는 게 옳으이……."

"예 죽더라도 시원히 알기나 하고 죽겠으니, 제발 좀 가르쳐 줍시오."

"아무리 무식한 사람이기로 그것도 모른단 말인가. 그것이 국

---

13) 상투쟁이: 상투를 맨 사람을 얕잡아 이르는 말

끓여 먹는 것이라네. 서울 사람들은 그 걸로 국을 끓여 먹어요."

"허허, 그 걸로 국을 끓여요? 맛이 있을까요?"

"맛이 있구말구…….. 맛이 없으면 서울 사람들이 먹을 리가 있겠나……. 맛 좋고 살찌고 아주 훌륭한 것이라네."

"대체 이것이 무엇인데, 그렇게 맛이 좋고 몸에 이롭습니까?"

"백어라고 물속에 있는 생선을 잡아 말린 것이야."

"이상한 생선도 많습니다. 눈깔도 없고 이 앞에 요 뾰족한 것(심지)은 무엇입니까?"

"눈깔이 원래 없는 생선이야……. 그래서 더욱 귀하다는 것이라네. 그 뾰족한 것은 주둥이가 아니고 무언가?"

"이 밑에 있는 이 구멍은 무엇입니까?"

"그것은 똥구멍이지 무어야."

"네에 네, 알았습니다. 말씀을 듣고 보니, 참말 생선 말린 것입니다그려……. 대체 서울 사람들은 별 생선을 다 잡아먹는군요."

"그러게 서울이 좋다는 게 아닌가."

"그래, 이것으로 국을 어떻게 끓입니까?"

"허허, 무식한 사람이라 갑갑도 하군……. 물을 끓이고 이것을 칼로 커다랗게 썰어 넣고, 간을 쳐 먹는 것이 아닌가!"

"그게 그렇게 맛이 있을까요?"

"맛이 있구말구······. 자아, 이왕이면 오늘 우리 집에서 끓여 먹어 보고 가게."

이 선생 영감이 애초에 모르는 것은 모른다고 하였으면 좋을 것을, 자기도 모르면서 가장 아는 체하고, 집안사람들을 불러서, 물을 끓이게 하고, 간장을 치고, 파를 썰어 넣고, 그리고 초를 얇게 썰어 넣어 펄펄 끓여서 대접에 여섯 그릇을 내어 왔습니다.

"자아, 먹어 보게. 맛만 보면 반할 것이니······."

"글쎄올시다. 그렇게 좋은 음식을 먹으면, 속이 장하게 놀라겠습니다."

"잔말 말고 어서 먹어 보게. 나는 작년에 서울 갔을 때 먹어 보고 오늘 처음 먹네."

그런데 다섯 상투쟁이가 그것을 먹으려고 보니까, 초를 끓인 까닭에, 하얗고 번쩍번쩍하는 기름이 둥둥 떠 있었습니다.

"아이구, 이것 이상스런 기름이 떠 있습니다그려. 무엇입니까?"

"아따, 그놈들 시골놈들이라 무식한 소리만 하는구나. 좋은 국일수록 기름이 많은 법이라네. 쇠고깃국도 잘 끓이면 기름이 많지 않은가······. 백엇국도 기름이 많아서, 먹으면 살찌는 것이라네. 내가 아까부터 살찌는 것이라고 하지 않았나.”

또, 무어라고 하면, 시골놈이라고 흉잡힐까 봐, 냄새가 나는 것도 억지로 참으면서, 꿀꺽꿀꺽 먹었습니다. 먹고 보니, 목구멍이 매캐하고, 쓰라린 것 같았습니다.

그래 참다못하여,

“아이구, 서울 음식은 모두 이렇게 목구멍이 아픕니까? 아파 죽겠습니다.”

“허허, 상놈의 목에 양반의 음식이 들어가니까 그렇지. 잠자코 먹게 그려.”

여러 사람은 그만 말도 못하고 목이 아파서, 입을 딱딱 벌리고, 씩씩 하고 앉았는데, 선생 영감은 남보다도 더 목구멍이 아파 죽을 지경이지만, 남이 부끄러워 입도 못 벌리고, 쩔쩔매고 앉았습니다.

그러자 그때에 정말 서울 가서 초를 사 온 송 서방이 이 집에 왔습니다.

여러 사람이 하도 반가워서,

“아이고, 마침 잘 오십니다. 당신이 그때 갖다 준 백어로 오늘 국을 끓여 먹었더니, 목이 이렇게 아파서 죽겠소이다. 그게 원래 아픈 것인가요?"

송 서방이 깜짝 놀라 눈이 둥그레서,

"그것을 먹었다고? 먹는 것이 아닌데……."

여러 사람은 먹는 것이 아니라는 말을 듣고,

"아이구머니, 큰일 났네. 못 먹는 것을 서울 음식이라는 바람에 먹었네그려."

하고, 야단들입니다.

"그것을 먹는 것이라고, 누가 그렇게 어리석은 짓을 하였단 말인가?"

"누구는 누구야. 저 선생님이 죽어라 살아라 하면서, 그걸 국을 끓였지……."

그만 선생의 얼굴이 홍당무같이 빨개져서 방바닥만 내려다보고 앉았습니다.

"그것이 백어가 아니라 불을 켜는 것이라오. 자아, 보시오. 불을 켤 터이니……."

하고, 성냥불을 그어, 생선 주둥이라 하던, 심지에 불을 켜니, 온 방안이 환해지는지라, 그것을 보고 여러 사람들은,

"에그머니, 우리가 불을 먹었구나!"

하고, 미친 사람같이 날뛰면서, 우리 뱃속에도 저렇게 불이 켜질 터이니, 어떻게 하면 좋으냐고, 당장에 뱃속에 불이 일어나는 것처럼 펄펄 뛰면서,

"아이구머니, 불이야!"

"아이구머니, 배가 타면 어찌하나!"

하고, 우는 듯싶은 소리로 야단 야단하였습니다. 그러나 그 중에서도 새빨간 얼굴을 푹 수그리고 앉은 선생은, 다른 사람들보다도 더 겁이 났습니다. 그래, 생각하면 할수록, 자기 뱃속에 불씨가 들어가 있는 생각에 마음이 조급해서 별안간 소리를 지르며,

"뱃속에 불이 일어나기 전에, 물속으로 뛰어 들어가자."

하면서, 제일 앞장을 서서 뛰어나가, 마을 뒤 냇가에 가서, 모두들 옷을 훌떡훌떡 벗어 버리고, 물속으로 풍덩풍덩 들어가서, 모가지만 물 위에 내어놓고, 불이 안 나도록 몸을 물속에 잠그고 있었습니다.

달이 환하게 밝은 밤이었으나, 늦게 지나가는 나그네 한 사람이 그러지 않아도 냇가를 혼자 지나가기가 겁이 나는데, 냇물 위에서 지껄지껄하는 소리가 나므로, 깜짝 놀라 달빛에 자세히 보니

까, 냇물에 사람의 대가리[14]만 수박같이 둥둥 떠 있습니다. 그래,

"옳지 저놈들이 도깨비로구나……. 도깨비는 담뱃불을 무서워한다더라."

하고, 부리나케 담배를 담아 물고, 담뱃불을 붙이노라고, 성냥불을 드윽 그었습니다. 물속에 있는 선생과 상투쟁이들은, 뱃속에 있는 초에 불이 안 일어나도록 물속에 있는데, 나그네가 성냥불을 그으니까, 그 성냥불 때문에 자기네 뱃속에 있는 초에 불이 커질까 겁이 나서, 죽을 둥 살 둥 모르고 소리치면서,

"여보게, 저놈이 성냥불을 그어, 우리 뱃속의 초에 불을 켜려고 하니, 모두 머리까지 물속에 담그게. 큰일 나네."

하고, 모두 머리와 얼굴까지 물속으로 담가 버리고 말았습니다.

나그네는 그런 줄을 모르고, 냇물 위에 수박 같은 도깨비 대가리만 없어진 것을 보고,

"대체 도깨비란 놈들이 담뱃불을 제일
무서워하는군……."

하고, 지나가 버렸습니다.

---

14) 대가리: 사람의 머리

설떡 술떡

옛날 어수룩하기로 유명하고, 돈 없기로 유명한 철욱이라는 사람이 있었습니다. 어수룩하고, 마음 좋고, 술 잘 먹고, 떡 좋아하건만, 돈이 한 푼도 없으니까, 정월 초하룻날도 술 한 잔 먹을 수 없어서, 입맛만 쩌억쩍 다시고 있었습니다.

보기에 하도 딱하니까, 그의 마누라가 이웃집에 가서 술재강(술 만들고 남은 찌꺼기)을 얻어다가, 그것으로 넓적한 떡을 만들어 주면서,

"여보, 이것이나 먹으면 술 마신 것만큼 취할 것이니, 어서 잡수세요."

하였습니다.

철욱이는 그것이나마 고맙게 여기면서, 한 개 먹고, 또 한 개 먹고, 또 먹고, 또 먹고, 몇 개를 먹었는지 수효도 모르게 많이 먹었

습니다.

술재강떡이라도 하도 많이 먹으니까, 술기운이 올라서 얼굴이 붉어지고, 신이 나서 어깨가 으쓱으쓱해졌습니다.

"이만큼 취하였으니, 길에 나가더라도 누구든지 술 먹고 취한 줄 알지, 재강떡 먹고 취한 줄 아는 사람은 없겠지……"

하고, 길거리에 나가 비틀비틀하면서, 취한 걸음으로 걸었습니다.

마침 그때, 친한 친구 한 사람이 마주 나오다가, 동전 한 푼 없이 지내는 철욱이가 술이 굉장히 취한 것을 이상히 여기면서,

"철욱이! 자네 굉장히 취했네 그려, 정월 초하루부터 큰 변수가 생긴 모양일세그려."

하고, 비행기를 태우니까,

"아무렴 취하고말고……. 곤드레만드레 취했다네."

하고, 홍청거리므로, 이놈이 꽤 허풍을 떠는구나 생각하고, 빈정거리느라고,

"허허 정말 대단히 취했네그려……. 무엇을 먹고 그렇게 취했나?"

하니까, 철욱이는 점점 더 신이 나서,

"응, 취하고말고……. 술재강을 잔뜩 먹고 취했네."

그 말을 듣고, 친구는 어찌 우습던지 허리를 펴지 못하고, 웃으

면서 도망하였습니다. 철욱이가 집에 돌아와서 그 말을 하니까,

"아이고, 대체 어리석기도 하오. 재강을 먹었다고 그러니까 남이 웃지요. 누가 묻거든 술을 많이 먹고 이렇게 취했다고 그래야지요."

하는지라, 철욱이는 그럴 듯이 듣고 손뼉을 치면서,

"옳지 옳지, 이번에는 꼭 그러지."

하고, 그 길로 곧장 그 친구의 집을 찾아갔습니다. 큰일이나 난 것처럼 떠들면서,

"여보게, 아까도 취했지만 지금도 이렇게 몹시 취해서 죽을 지경일세."

"왜 그렇게 취했나?"

"술을 많이 먹고 취했다네."

"술을 얼마나 먹었단 말인가?"

"아홉 개나 먹었다네."

해 놓아서, 또 밑천이 드러났습니다.

"하하하하, 이놈아, 어떤 놈이 술을 아홉 개를 먹는다더냐, 또 재강 덩어리를 아홉 개 먹은 모양이로구나."

하고 웃으므로 창피만 당하고 돌아와서, 이야기를 하니까,

"여보, 아무인들 웃지 않겠소. 술을 아홉 개 먹었다는 사람이

세상에 어디 있단 말씀이오. 이 담에 만나거든 한 동이를 먹었다고 그리시오."

그 이튿날 밝기를 잔뜩 기다렸다가 아침이 되자, 밥도 안 먹고 친구 집으로 뛰어가서,

"아이고, 오늘도 참말 굉장히 취해 죽겠는 걸……."

하였습니다.

"무얼 먹고 취했나?"

"술을 먹고 취했지!"

"얼마나 먹고 취했단 말인가?"

"얼마가 무언가, 한 동이나 먹었네."

친구가 그 말을 듣고 속으로 '아내에게 배워 가지고 왔구나!' 생각하고, 한 번 더 묻기를,

"찬 술을 먹었나? 더운 술을 먹었나?"

하였습니다.

철욱이는 쩔쩔매다가 하는 말이,

"화로에 석쇠 놓고 구워 먹었지."

하여, 기어코 재강떡 먹은 것이 드러나고 말았습니다.

옹기[15] 셈

옛날인지 지금인지 팔달이란 젊은이가, 뒷집 혹부리 영감님을 찾아와서,

"뒷집 아저씨, 오늘 바쁘지 않으십니까?"

"응, 별로 바쁜 일 없네. 왜 그러나?"

"집에서 물을 담아 둘 데가 없다고, 물독을 하나 사 오라 하는데, 제가 잘 살 줄 알아야지요. 아저씨께서 같이 가셔서, 하나 사 주십시오. 스무 동이의 물이 드는 것을 사 오래요."

"응, 그렇지. 처음 사는 사람이 사면 속여서 비싸게 파는 법일세……. 내가 가서 싸게 사 줄 것이니, 나만 따라오게. 스무 동이 물이 드는 독이라지?……."

---

15) 옹기: 질그릇 · 오지그릇을 말하는데 주로 진흙으로 만들어 구움.

두 사람이 나섰습니다. 동관 항아리 파는 옹기점으로 가면서 혹부리 영감이,

"여보게, 물건 흥정이란 잘하는 법이 따로 있는 것이니 자네는 입 다물고, 아무 말 말고 보기만 하게."

"예, 아무 말 안 할 터입니다."

약속을 단단히 하고, 큰 한길 옹기점에까지 왔습니다. 혹부리 영감이,

"여보, 주인! 독 하나 삽시다. 열 동이의 물이 드는 독 하나에 얼마요?"

하므로 팔달이가 열 동이의 물이 드는 독이 아니라, 스무 동이의 물이 드는 독이라고 이르려 하니까, 영감이,

"쉬!"

하고, 말을 못하게 합니다.

　주인이 나와서, 거기 엎어 놓은 독을 내놓고,

"예, 이것이 열 동이의 물이 드는 독이올시다. 3원 50전[16]만 내십시오."

---

16) 전(錢): 돈의 단위, 원의 100분의 1

"여보, 50전은 그만 두고, 3원에 파시오. 내가 사는 것도 아니고, 저 사람이 사 달라 하니까, 싸게 사 주마고 여기까지 데리고 온 것이니, 3원에 파시오."

"그러면 밑지지만 3원에 드리지요."

그래 혹부리 영감은 팔달이에게서 3원을 받아 주인에게 주고 열 동이의 물이 드는 독을 사서 새끼로 얽어 작대기에 꿰어 들고, 팔달이는 앞을 들고, 영감은 뒤를 들고 돌아갑니다. 그러나 팔달이는 투덜투덜하며,

"스무 동이의 물이 드는 독을 사 달라니까, 왜 열 동이의 물이 드는 독을 샀습니까?"

"아따 이 사람아, 잠자코 내가 가자는 대로 가세그려……. 한 바퀴만 돌아가면 이것이 스무 동이 물이 드는 독이 된다네."

"어떻게 열 동이짜리가 스무 동이가 되어요? 공연히 잘못 샀지요."

"글쎄, 가만히 있다가 스무 동이짜리로 변하는 것만 보게그려."

옥신각신 떠드는 동안에 어느 틈에 골목 하나를 휘돌아서, 아까 그 옹기점 앞으로 도로 왔습니다. 팔달이가 이상하여,

"에그, 그 옹기점으로 도로 왔습니까?"

"글쎄, 가만히 있어……."

옹기점 주인이 보니까, 아까 독 사 간 사람이 그 독을 도로 들고 온지라 이상하여,

"왜 도로 오셨습니까?"

"그런 게 아니라, 이 사람이 애초에 스무 동이짜리 독을 사 달라 한 것을, 내가 잊어버리고 열 동이짜리를 사 가지고 갔소. 그래 이것은 그만두고, 스무 동이짜리를 사려고 도로 왔소그려. 스무 동이짜리 독이 있나요? 값은 얼마구요?"

"예, 있습니다. 여기 이 큰 독이 스무 동이짜리입니다. 값은 7원을 주서야 합니다. 갑절이니까요."

"여보, 갑절이라니, 3원의 갑절 6원에 파시오. 그럼 옳지 않소. 6원이요."

"그러십시오. 아까 3원에 팔았으니까, 할 수 없습니다. 6원에 가져가십시오."

혹부리 영감이 가지고 온 열 동이 독을 끌러 놓고 하는 말이,

"자, 3원짜리 독을 받으시오. 이 큰 독은 6원이라지요? 그런데, 이 3원짜리 독을 당신이 받고요. 그러면 6원에서 3원 남았지요?"

"예, 3원 남습니다."

"그런데, 내가 아까 처음에 지전으로 3원 준 것이 있지요? 그 3원하고 이 독 3원하고 6원 맞지요."

"예, 이 3원짜리 독하고, 아까 그 돈 3원하고, 예, 예, 6원 맞습니다. 예."

"그러면, 나는 가오. 평안히 계시오."

하고 이번에는 큰 독을 매어 작대기에 꿰고, 앞뒤에서 들고 휘적휘적 걸어가면서,

"여보게, 주인놈이 혹시 쫓아올지도 모르니, 빨리 가세."

하는데, 벌써 주인이,

"여보, 여보!"

하고, 소리쳐 부르는 고로 할 수 없이 도로 갔습니다.

"왜 부르시오."

"암만해도 3원을 덜 받았습니다. 3원을 더 내십시오."

"허허, 당신이 셈 칠 줄을 모르는구려."

하고, 독을 땅에 내려놓고,

"내가 다시 똑똑히 쳐 줄 터이니, 수판[17]을 내어 들고 놓아 보

---

17) 수판: 셈을 놓는 데 쓰는 도구

시오."

"예, 수판을 들었습니다."

"내가 6원 내면 맞지요?"

"예!"

"내가 맨 처음 지전 일 원짜리 3장을 당신 드렸지요?"

"예! 받았습니다."

"그럼, 그 수판에 3원을 놓으시오."

"예, 3원 놓았습니다."

"나중에 도로 와서, 큰 독을 살 때에 내가 3원에 샀던 독을 그냥 당신에게 주었지요. 3원짜리 독을 분명히 받았지요?"

"예, 독도 받았습니다."

"그럼, 아까 그 3원에 또 3원 놓으시오."

"예, 놓았습니다."

"그럼, 도합 얼마요?"

"6원입니다."

"그래, 내가 6원 내지 않았소?"

"글쎄요, 6원이 맞기는 맞는데……"

"6원이 또 틀립니까?"

"아니오. 맞기는 맞습니다."

"그런데 왜 그러시오. 나는 가오."

"예, 안녕히 가십시오."

하였으나, 암만 생각해 보아도 손에 쥔 돈은 단 3원뿐이므로 까닭을 몰라 머리를 득득 긁으니까, 그때 혹부리 영감이 가다가 말고 돌아서서, 가게를 들여다보고 큰 소리로,

"여보, 그게 옹기 셈이라는 거요. 그것도 모르고 옹기 장사를 한단 말이요."

하더랍니다.

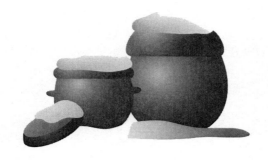

방귀 출신 최 덜렁

서울 잿골 김 대신 댁 사랑[18]에 최 덜렁이라는 사람이 있었습니다.

본 이름은 따로 있지만 성질이 수선스러워서 어찌 몹시 덜렁대는지, 모르는 다른 대신 집에서도 최 덜렁 최 덜렁 하게 되어 그의 얼굴은 몰라도 이름은 모르는 이가 없을 판이었습니다.

너무 수선스럽게 덜렁대므로 하려던 일은 다 잊어버리고, 당치도 않은 딴 일을 하여 실수가 많습니다. 그러나 그 대신 때때로 능청스런 꾀를 잘 내므로 늘 덜렁으로 실수된 일도 능청으로 덮어 버렸습니다.

하루는 김 대신의 부탁을 받아 가지고, 안동 서 판서 댁에를 가게 되었는데 타고난 천성이라, 대문을 바로 보고 들어가지를 않

---

18) 사랑: 집의 안채와 떨어져, 바깥주인이 거처하며 손님을 접대하는 곳

아서 서 판서 옆집 이 대신 댁으로 쑥 들어갔습니다.

꼭 서 판서 댁인 줄만 알고, 덜렁 최 선생이 그 집 하인보고 대감 계시니 한즉, 사랑으로 안내하여, 올려 앉히고, 점잖은 사람이 의관을 정제하고 나왔습니다.

"나는 잿골 김 대신 댁에서 온 사람이올시다. 주인 대감을 좀 뵈려고……."

"네, 이 사람은 이 댁 이 대신 댁에 있는 권영우라는 사람이올시다. 뵈옵기가 늦었습니다. 대감께서는 지금 잠깐 안에 계십니다. 잠깐만 기다리시지요."

덜렁 선생이 이 대신 댁이라는 말을 듣고 깜짝 놀랐습니다. 이것 큰일 났구나 하고, 그제야 후회하였으나, 별수 없이 큰 변을 당하게 되었습니다.

이만 저만한 사람도 아니고, 이 대신을 만나자고 해 놓았으니, 공연히 희롱한 것처럼 되어 당장에 큰 탈이 내릴 것은 정한 일이 었습니다.

그러나 그렇다고, 그냥 뛰어 달아날 수도 없고, 모르고 그랬다 할 수도 없고, 입맛도 다실 수 없고, 머리도 긁을 수 없고, 앉은 채 앉아서 속으로만 쩔쩔매다가, 엉큼한 꾀를 내어 가지고, 능청스럽게,

"아니 아니 기다리기까지 할 필요는 없는 일입니다. 형장[19]을 보았으니까, 대감께서까지 말씀할 것 없이 형장께 말씀하지요. 좀 염치없는 말씀입니다만 우리끼리야 말씀 못할 것이 있겠습니까. 실상은 김 대신의 부탁으로 먼 길을 떠나는 길인데, 하도 바쁘니까 요기[20]를 하고 나설 것을 잊어버려 놓아서, 벌써부터 속이 시장하여서 허허허허……. 그렇다고 지금 도로 재동 꼭대기로 도로 갈 수는 없고, 하여 허허 허허, 전혀 모를 댁도 아니고 하니까 염치없지만 이 댁에서 요기를 좀 하고 가려고……. 허허 허허, 그래서 허허 허허."

밥 한 그릇을 금방 먹고 나와서 당장에 배가 부르건만 하도 급하고, 별 꾀는 없으니까 얼른 둘러댄다는 꼴이 이 따위로 너털웃음만 섞어 가며 둘러대었습니다.

"예 예, 그러시겠습니다. 바쁜 때는 아무라도 항용 하기가 쉽습니다. 잠깐만 기다리십시오. 준비 없는 음식이라도 곧 내오게 하겠습니다. 잠깐 앉아 계십시오."

벌써 그 집 사람들은 알아차렸습니다.

---

19) 형장: 나이가 비슷한 친구 사이에서 상대방을 높이어 일컫는 말
20) 요기: 배고픈 느낌을 겨우 면함

얼굴은 모르겠어도, 김 대신 댁 최 덜렁이가 잘못 알고 들어왔다가 남부끄러우니까, 그렇게 당치도 않게 꾸며대는 것이 분명하다고, 그 집 안사랑, 윗사랑, 아랫사랑에 있는 모든 문객들과 하인배들까지 쑥덕쑥덕 '최 덜렁이라지? 최 덜렁이라지?'하고, 모두 한 번씩 가깝게 와서는 그 얼굴을 보고 보고 하였습니다.

기왕 최 덜렁인 줄 안 바에는 그가 할 말이 없어, 거짓 배가 고픈 체하는 것까지 알았으니, 밥상을 굉장히 차려서 억지라도 많이 먹게 하여, 배가 불러 못 일어나고 고생하는 꼴을 보자 하고, 크디큰 동이처럼 큰 주발[21]에 밥을 우뚝하게 담고, 대야같이 큰 그릇을 골라서 국을 담고, 여러 가지 반찬을 갖추어 상을 내어 왔습니다.

"시장하시다는데 너무 기다리게 하여 미안합니다. 반찬이 없어서 부끄럽습니다마는 시장하시다니까 그래도 많이 잡수어 주실 줄 알고 그냥 내왔습니다."

덜렁 선생은 가뜩이나 배가 부른 판에 섣불리 거짓말을 해 놓고 걱정하고 앉았다가, 그 무섭게 많이 담은 밥을 보고, 저절로

---

21) 주발: 놋쇠로 만든 밥그릇, 위가 약간 벌어지고 뚜껑이 있음.

두 눈이 둥그레졌습니다. 그러나 자기 입으로 시장하다고 청해 놓은 것을 안 먹을 수도 없었습니다. 먼저 국 국물을 몇 번 떠먹고, 산같이 담긴 밥을 억지로 다섯 숟갈을 떠먹으니, 숟가락이 저절로 손에서 떨어질 것 같고, 죽어도 못 먹을 거 같았습니다.

그러나

"어서 잡수시지요, 국이 식었으니까, 다시 떠내 오지요."

하고, 곧 더운 국을 또 내오고 하면서, 성화[22] 같이 권고하는 통에 죽을 액을 떼는 셈 잡고 새 국을 또 먹고, 쉬엄쉬엄 밥 한 숟가락에 숨을 한 번씩 쉬면서 반 그릇이나 먹었습니다. 그래놓으니 인제는 일어나려도 일어날 수도 없이 되었습니다.

"아이고, 인제는 더 못 먹겠습니다."

"그러지 마시고 숭늉에 말아서 조금 더 잡수시지요. 시장하신 때야 그것 한 그릇이야 못다 잡숫겠습니까. 국은 식성에 즐기시지 않는 모양이니, 다른 반찬을 더 내 오지요."

하고, 그 집 사람들은 억지로 밥을 말아 주면서 일변 국그릇을 들여보내고, 고기 구운 것을 내왔습니다. 단 한 술도 더 들어갈

---

22) 성화: 유성이 떨어질 때의 불빛이란 뜻으로 몹시 급한 일을 비유할 때 사용

곳은 없고, 체면상 말아놓은 밥이야 아니 먹을 수도 없고……. 죽기를 결단하고 눈을 홉 뜨고, 물에만 밥을 먹기 시작하였습니다. 그러나 반쯤 먹었을 때, 벌써 목구멍에까지 가득 차서 자칫하면 도로 기어 나올 지경이었습니다.

"아이고! 이제는 죽어도 못 먹겠습니다."

하는 소리가 체면 불구하고, 저절로 나왔습니다. 그러니까 더 권고하지는 아니하나 모든 사람들이 자기 얼굴을 보면서 픽픽 웃습니다.

덜렁 선생이 또 무슨 창피한 짓이 생겼나보다 생각하고, 양치물을 들어 그 물에 자기 얼굴을 비추어 보니까, 딴은 창피한 일이었습니다. 자기 코 위에 하얀 밥풀이 두 개나 붙어 있는 것을 이때까지 모르고, 점잖을 빼고 있었으니 누군들 웃지 않겠습니까. 그러나 이제 와서 얼른 떼기도 부끄러운 일이라 배포 유하게 그냥 모른 체하고 앉아서 상을 물려 낸 후에 천천히,

"한 가지 더 청할 것이 있는데……. 종이와 벼루를 좀 주셨으면 좋겠습니다."

하였습니다.

즉시 내어 온 종이를 받아 펴들고, 붓을 들어 무어라고, 여러

줄 글씨를 쓰더니, 또 한 장으로 그 편지를 두루 싸가지고, 코에 묻었던 밥풀을 떼어 발라서 꼭꼭 봉하였습니다. 그리고는 여러 사람을 보고 하는 말이,

"아까 여러분이 웃으신 것은, 내 코에 밥풀 붙은 것을 보고 웃으신 모양이지만 실상은 이 편지 겉봉을 붙이려고, 미리 붙여 두었던 것입니다. 그렇게 알아 두십시오."

하도 엄청난 수작에 이 대신 집 문객들은 코가 먹먹하였습니다.

"자아, 후의의 환대[23]를 감사히 받고 갑니다. 여러분, 편안히 계십시오."

인사를 마치고 간신히 기둥을 붙잡고, 일어나기는 났으나 억지로 힘들여 일어나는 통에 구린내 나는 소리가 거침없이 뿡-하고 나왔습니다.

편안히 가시라 하면서 따라 일어서던 문객들은 그만 허리가 아프게 우스운 것을 억지로 참느라고, 손으로 틀어막고 낄낄거리는데, 덜렁 선생은 시치미 딱 떼고,

"왜들 웃으십니까? 여러분은 혹시 내가 방귀라도 뀐 줄 알고 그

---

23) 환대: 정성껏 후하게 대접함.

러십니까?"

하고 나서 발바닥으로 마룻바닥을 몹시 문질러 **뻑뻑** 소리를 내고,

"이것 보시오. 마룻바닥에서 나는 소리올시다……. 정말 방귀란 것은 이런 것이랍니다."

하고, 여러 사람에게로 궁둥이를 삐쭉 내밀고, 아까부터 잔뜩 참고 있던 방귀를 속이 시원하게 뀌었습니다.

"하하하하, 변변치 않은 것을 알려 드리느라고 실례하였습니다. 편안히 계십시오."

해 놓고는 어이가 없어, 입만 딱딱 벌리고 서있는 문객들을 돌아보지 않고, 휘적휘적 가 버렸습니다.

그 후 이 대신이 그 말을 듣고, 남자답고 재미있는 사람이라 하여 자기 관할 아래에 상당히 좋은 벼슬을 시켰습니다.

그래 그 후로 덜렁 선생은 항상 말하기를,

"입신출세[24]라는 것은 방귀 같다."

라고 하더랍니다.

---

24) 입신출세: 세상에 나아가 자신의 이름을 드날림.

욕심쟁이 땅 차지

그다지 오래 되지도 않은 옛날, 한 시골에 몹시 욕심 많은 사람이 있었습니다.

아무리 써도 남을 돈과, 혼자는 주체도 못할 만큼 많은 땅을 가지고 있었건만, 원래 욕심이 사나운 사람이라, 땅만 보면 자기 땅을 만들고 싶어 하고, 돈만 생기면 땅을 사고 사고 하였습니다.

그래 땅을 늘려가는 데만 재미를 붙이고 살므로, 땅을 더 사기 위해서는 음식도 잘 안 먹고, 옷 한 벌도 깨끗하게 못해 입을 뿐 아니라, 이웃 사람에게도 아무리 인정 없는 짓이라도 기탄25)없이 하는 성질이었습니다.

남에게 돈을 빌려 주고는, 그 세 곱절 네 곱절의 땅을 빼앗아

---

25) 기탄: 어렵게 여기어 꺼림.

버리고, 땅도 없는 가난한 사람에게는 밥 짓는 솥과 들어 있는 집을 빼앗아서, 그 걸로 더 땅을 장만하고 하여, 굉장히 많은 땅을 가졌건만, 그래도 그의 욕심은 만족하지 않았습니다.

그때에 그 시골 우두머리가 그 소문을 듣고, 욕심쟁이를 불러 이르되,

"그대가 그렇게 땅을 많이 가지기가 소원이라니, 내일 아침 해가 솟을 때 말을 달리기 시작하여, 꼭 해가 질 때까지, 얼마를 돌던지 둥글게 휘돌아오면, 그 돌아온 만큼, 십 리 둘레를 돌았으면 십 리 안의 땅을 모두 주고, 백리 둘레를 돌았으면 백 리 둘레 안 땅을 모두 그대에게 줄 것이니, 어떠한가?"
하였습니다.

욕심쟁이는 이것이 꿈이나 아닌가 하고 기뻐하면서, 몇 번이나 대답을 되짚어 해 놓고, 이튿날 해뜨기 전에 좋은 말 한 필을 골라 타고, 해가 솟기를 기다렸습니다.

동편 산머리에 해가 보이기 시작하자마자 욕심쟁이는 말을 달리기 시작하였습니다. 조금이라도 더 부지런히 달려서 조금이라도 더 멀리 돌아야 땅을 많이 얻게 된다고 생각하면서, 욕심쟁이는 말이 숨 쉴 새도 없이 채찍질을 하면서, 발뒤꿈치로 말의 뒷다

리를 자꾸 차면서, 멀리 멀리 달렸습니다.

그러니, 단 두 시간이 못 되어 말은 죽을 지경으로 헐떡거리고, 사람도 정신을 못 차릴 지경이었습니다. 그런 욕심쟁이는 조금이라도 더 부지런히 뛰어, 조금이라도 더 땅을 얻을 욕심에, 자꾸 자꾸 말 다리를 차면서, 죽을 둥 살둥 뛰었습니다.

점심때가 되어도 점심을 먹지 않고, 말이 헐떡거려도 잠시도 쉬지 않고, 그냥 그대로 달리어 해질 때가 가까이 되니까, 참말 굉장히 멀리 돌아서, 그 시골 땅이란 땅이 모두 그 안에 들었습니다.

"이래서는, 이 시골 땅을 모두 주게 생겼는걸……."
하고, 우두머리와 모든 사람들은 놀랐습니다. 그러나 산머리에 해가 돌아가려고 할 때, 간신히 떠나던 자리에까지 달려 돌아온 욕심쟁이와 말은 그만 땅에 폭 고꾸라졌습니다.

돌기는 굉장히 넓게 멀리 돌았지마는 너무도 심한 노력에 그만 거꾸러져서, 영영 다시 일어나지 못하고 죽어 버렸습니다.

땅 많은 부자 욕심쟁이는 자기가 구박하던 동네 사람들의 정성에 안기어, 동네 뒤 조그만 산턱에 따뜻하게 묻히었습니다.

보니까, 그가 영구히 드러누운 무덤은 겨우 세 평도 못되었습니다. 그래, 모든 사람이 이렇게 말했습니다.

"세 평만 하면 넉넉하고도 남을 것을, 공연히 그렇게 애를 쓰고
죽었구나……."

도둑 아닌 도둑

어느 집에 도둑이 들어, 손에 칼을 들고 주인이 책을 읽고 있는 방에 가서,

"꼼짝 말고 돈을 내놓아라."

하였습니다.

책에 정신이 쏠리어, 처음에는 듣지 못하더니, 두 번째 크게 지르는 소리에 책에서 돌아앉으면서 친절한 말로,

"이 밤중에 어디서 오신 손님이시오?"

하는지라 도둑이,

"잔말 말고 돈을 빨리 내어 놓아라."

하고, 크게 호령하면서 칼을 들어 위협하였습니다.

"허허! 당신이 돈을 쓸 일이 있어서 왔구려……. 그럼 진작 그렇게 말씀하시지요."

하도 주인이 태연하니까, 도둑은 속으로 슬그머니 겁도 나고 또 더욱 초조해져서,

"잔말 말고 어서 내놓아라. 쓸 일이 있으니까 왔지……."

하고, 바싹 달려들었습니다.

"쓸 일이 있어서 돈 가진 사람에게 돈을 달라 하는 것이 그리 틀린 일이 아니어든, 이렇게 칼까지 들고 올 것이야 무엇 있소. 자아, 지금 내 집에는 이것밖에 없으니 쓰실 일이 부족하지 않거든 가져다 쓰시오."

하고, 책장 밑에서 내어 놓는 돈을 도둑이 받아서 세어보니 390원이라 마음에 흡족하여, 그대로 품속에 웅크려 넣고 성급히 나가는데 주인이,

"여보, 여보!"

불러 놓고,

"아무리 적은 돈이라도 받아갈 때에는 받은 인사를 하고 가는 것이 좋지 않겠소."

하는지라 도둑이 마지못하여,

"고맙소."

한 마디 내어던지고 황급히 달아나 버렸습니다. 그 이튿날 아침에

순사[26] 한 사람이 그 도둑을 포박하여 데리고 찾아왔습니다.

"이놈이 붙들려 자백하기를, 어젯밤에 이 댁에 칼을 들고 들어와서 돈 390원을 강탈[27]하였다고 하니 분명히 390원만 빼앗기셨습니까?"

"아니오. 돈은 분명히 390원인데, 빼앗긴 것이 아니라 내가 드린 것이오."

"아니올시다. 이놈이 제 입으로 칼을 들고 협박하였다고 그러는데요."

"실례의 말씀을 하지 마시오. 내가 변변치 못한 위인이로되, 칼이 무서워서 싫은 것을 빼앗길 사람은 아니오. 저 사람이 쓸 일이 있다고 달라고 하니까 드렸을 뿐이오."

듣고 있던 도둑도 주인의 말에 하도 양심이 아파서,

"아니올시다. 사실로 강도질을 해 간 것입니다."

하니까,

"예끼, 이 어리석은 사람아. 어느 세상에 강탈해 가면서 고맙다 하는 놈이 있단 말이오? 당신은 나에게 돈을 받아가지고 '고맙소.'

---

26) 순사: 일본 강제점령기 경찰관의 최하위 계급, 지금의 순경에 해당함.
27) 강탈: 강제로 빼앗음.

하고 인사를 하고 가지 않았소?"

　도둑은 물론이요, 순사까지 감격이 극하여, 엎드려서 눈물 흘리는 도둑의 몸에서 포승[28]을 끌러 놓았습니다. 그 후, 그 도둑은 주인집 고용인으로 있기를 자원하여, 일평생을 사는 동안에 주인보다 못하지 않은 좋은 인물이 되었답니다.

28) 포승: 죄인을 잡아 묶는 노끈

만년 셔츠

1

박물(생물) 시간이었다.

"이 없는 동물이 무엇인지 아는가?"

선생님이 두 번씩 연거푸 물어도 손드는 학생이 없더니, 별안간 '옛' 소리를 지르면서, 기운 좋게 손을 든 사람이 있었다.

"음, 창남인가. 어디 말해 보아."

"이 없는 동물은 늙은 영감입니다!"

"예에끼!"

하고, 선생은 소리를 질렀다. 온 방안 학생이 깔깔거리고 웃어도, 창남이는 태평으로 자리에 앉았다.

수신(도덕) 시간이었다.

"성냥 한 개비의 불을 잘못하여, 한 동네 삼십여 집이 불에 타 버렸으니, 성냥 단 한 개비라도 무섭게 알고 주의해야 하느니라."

하고 열심히 설명해 준 선생님이 채 교실 문 밖도 나가기 전에,

"한 방울씩 떨어진 빗물이 모이고 모여, 큰 홍수가 나는 것이니, 누구든지 콧물 한 방울이라도 무섭게 알고 주의해 흘려야 하느니라."

하고, 크게 소리친 학생이 있었다. 선생님은 그것을 듣고 터져 나오는 웃음을 억지로 참고 돌아서서,

"그게 누구야? 아마, 창남이가 또 그랬지?"

하고 억지로 눈을 크게 떴다. 모든 학생들은 킬킬거리고 웃다가 조용해졌다.

"예, 선생님이 안 계신 줄 알고 제가 그랬습니다. 이 다음엔 안 그러지요."

하고, 병정같이 벌떡 일어서서 말한 것은 창남이었다. 억지로 골 낸 얼굴을 지은 선생님은 기어이 다시 웃고 말았다. 아무 말 없이 빙그레 웃고는 그냥 나가 버렸다.

"아 하하하하……."

학생들은 일시에 손뼉을 치면서 웃어댔다.

XX고등 보통 학교 일 학년 을 반 창남이는 반 학생 중에 제일 인기 좋은 쾌활한 소년이었다.

이름이 창남이요, 성이 한 가이므로, 안창남(安昌南; 비행가) 씨와 같다고 학생들은 모두 그를 보고 비행가 비행가 하고 부르는데, 사실은 그는 비행가같이 시원스럽고 유쾌한 성질을 가진 소년이었다.

모자가 다 해졌어도, 새 것을 사 쓰지 않고, 양복바지가 해져서 궁둥이에 조각 조각을 붙이고 다니는 것을 보면 집안이 구차[29]한 것도 같지만, 그렇다고 단 한 번이라도 근심하는 빛이 있거나, 남의 것을 부러워하는 눈치도 없었다.

남이 걱정이 있어 얼굴을 찡그릴 때에는, 우스운 말을 잘 지어 내고, 동무들이 곤란한 일이 있을 때에는 좋은 의견도 잘 꺼내 놓으므로, 비행가의 이름이 더욱 높아졌다.

연설을 잘 하고, 토론을 잘 하므로 갑 조하고 내기를 할 때에는 언제든지 창남이 혼자 나가 이기는 셈이었다.

그러나 그의 집이 정말 가난한지 넉넉한지 아무도 아는 사람이

---

29) 구차: 가난함.

없었고, 가끔 그의 뒤를 쫓아가 보려고도 했으나 모두 중간에서 실패를 하고 말았다. 왜 그런가 하면, 그는 날마다 이십 리 밖에서 학교를 다니는 까닭이었다.

그는 가끔 가끔 우스운 말을 하여도 자기 집안일이나 자기 신상에 관한 이야기는 말하는 법이 없었다. 그런 것을 보면 입이 무거운 편이었다.

그는 입과 같이 궁둥이가 무거워서, 운동틀(철봉)에서는 잘 넘어가지 못하여, 늘 체조 선생님께 흉을 잡혔다. 하학한 후 학생들이 다 돌아간 다음에도 혼자 남아 있어서 운동틀에 매달려 땀을 흘리면서 혼자 연습을 하고 있는 것을 동무들은 가끔 보았다.

"이애, 비행가가 하학 후에 혼자 남아서 철봉 연습을 하고 있더라."

"땀을 뻘뻘 흘리면서 혼자 애를 쓰더라."

"그래, 이제는 좀 넘어가데?"

"웬걸, 한 이백 번이나 넘도록 연습하면서, 그래도 못 넘어가더라."

"그래, 맨 나중에는 자기가 자기 손으로 그 누덕누덕 기운 궁둥이를 때리면서 '궁둥이가 무거워, 궁둥이가 무거워.' 하면서 가더라!"

"제가 제 궁둥이를 때려?"

"그러게 괴물이지……."

"아 하하하하하……."

모두 웃었다. 어느 모로든지 창남이는 반 중의 이야깃거리가 되는 것이었다.

2

겨울, 몹시도 추운 날이었다. 호호 부는 이른 아침에 상학종[30]은 치고, 공부는 시작되었는데, 한 번도 결석한 일이 없는 창남이가 이날은 오지 않았다.

"호월세, 호외야! 비행가가 결석을 하다니!"

"어제 저녁 그 무서운 바람에 어디로 날아간 게지!"

"아마, 병이 났다 보다. 감기가 든 게지."

"이놈아, 능청스럽게 아는 체 마라."

일 학년 을 반은 창남이 소문으로 수군수군 야단이었다.

---

30) 상학종: 공부 시작 시간을 알리는 종

첫째 시간이 반이나 넘어갔을 때, 교실 문이 덜컥 열리면서, 창남이가 얼굴이 새빨개 가지고 들어섰다.

학생과 선생은 반가워하면서 웃었다. 그리고 그들은 창남이가 신고 서있는 구두를 보고, 더욱 크게 웃었다. 그의 오른편 구두는 헝겊으로 싸매고 또 새끼로 감아 매고 또 그 위에 손수건으로 싸매고 하여, 퉁퉁하기 짝이 없다.

"한창남, 오늘은 웬일로 늦었느냐?"

"예."

하고, 창남이는 그 괴상한 퉁퉁한 구두를 신고 있는 발을 번쩍 들고,

"오다가 길에서 구두가 다 떨어져서, 너털거리기에 새끼를 얻어서 고쳐 신었더니 또 너털거리고 해서, 여섯 번이나 제 손으로 고쳐 신고 오느라고 늦었습니다."

그리고도 창남이는 태평이었다. 그 시간이 끝나고 쉬는 동안에, 창남이는 그 구두를 벗어 들고, 다 해져서 너털거리는 구두 주둥이를 손수건과 대님[31] 짝으로 얌전스럽게 싸매어 신었다. 그리고

---

31) 대님: 한복 바짓가랑이의 발목 부분을 매는 끈

도 태평이었다.

　따뜻해도 귀찮은 체조 시간이 이처럼 살이 터지도록 추운 날이었다.

　"어떻게 이 추운 날 체조를 한담."

　"또 그 무섭고 딱딱한 선생님이 웃통을 벗으라고 하겠지……. 아이구, 아찔이야."

하고, 싫어들 하는 체조 시간이 되었다. 원래 군인으로 다니던 성질이라, 뚝뚝하고 용서 없는 체조 선생이 호령을 하다가, 그 괴상스런 창남이 구두를 보았다.

　"한창남! 그 구두를 신고도 활동할 수 있나? 뻔뻔스럽게……."

　"예, 얼마든지 할 수 있습니다. 이것 보십시오."

하고, 창남이는 시키지도 않은 뜀도 뛰어 보이고, 달음박질도 하여 보이고, 답보(제자리걸음)도 부지런히 해 보였다. 체조 선생님도 어이없다는 듯이,

　"음! 상당히 치료해 신었군!"

하고 말았다. 그리고 다시 호령을 계속하였다.

　"전열만 삼 보(세걸음) 앞으로 ― 옷!"

　"전 후열 모두 웃옷 벗어!"

3

죽기보다 싫어도 체조 선생님의 명령이라, 온반 학생이 일제히 검은 양복 저고리를 벗어, 셔츠만 입은 채로 섰고, 선생님까지 벗었는데, 다만 한 사람 창남이만 벗지를 않고 그대로 있었다.

"한창남! 왜 웃옷을 안 벗나?"

창남이의 얼굴은 푹 숙이면서 빨개졌다. 그가 이러기는 처음이었다. 한참 동안 멈칫멈칫하다가 고개를 들고,

"선생님, 만년 셔츠도 좋습니까?"

"무엇? 만년 셔츠? 만년 셔츠란 무어야?"

"매, 매, 맨몸 말씀입니다."

성난 체조 선생님은 당장에 후려갈길 듯이 그의 앞으로 뚜벅뚜벅 걸어가면서,

"벗어랏!"

호령하였다. 창남이는 양복 저고리를 벗었다. 그는 셔츠도 적삼[32]도 안 입은 벌거숭이 맨몸이었다. 선생은 깜짝 놀라고 아이들

---

32) 적삼: 윗도리에 입는 홑옷, 모양은 저고리와 같음.

은 깔깔 웃었다.

"한창남! 왜 셔츠를 안 입었니?"

"없어서 못 입었습니다."

그때, 선생님의 무섭던 눈에 눈물이 돌았다. 그리고 학생들의
웃음도 갑자기 없어졌다.

가난! 고생! 아아 창남이 집은 그렇게 몹시 구차하였던가……,
모두 생각하였다.

"창남아! 정말 셔츠가 없니?"

눈물을 씻고 다정히 묻는 소리에,

"오늘하고 내일만 없습니다. 모레는 인천서 형님이 올라와서 사
줍니다."

체조 선생님은 다시 물러서서 큰 소리로,

"한창남은 오늘은 웃옷을 입고 해도 용서한다. 그리고 학생 제
군[33]에게 특별히 할 말이 있으니, 제군은 다 한창남 군 같이 용
감한 사람이 되란 말이다. 누구든지 셔츠가 없으면, 추운 것은 둘
째요, 첫째 부끄러워서 결석이 되더라도 학교에 오지 못할 것이

---

33) 제군: 여러분, 주로 손아랫사람에게 씀.

다. 그런데, 오늘 같이 제일 추운 날 한창남 군은 셔츠 없이 맨몸, 으으응, 즉 그 만년 셔츠로 학교에 왔단 말이다. 여기 섰는 제군 중에는 셔츠를 둘씩 포개 입은 사람도 있을 것이요, 재킷에다 외투까지 입고 온 사람이 있지 않은가……. 물론, 맨몸으로 나오는 것이 예의는 아니야. 그러나 그 용기와 의기가 좋단 말이다. 한창남 군의 의기는 일등이다. 제군도 다 그의 의기를 배우란 말야."

만년 셔츠! 비행가란 말도 없어지고, 그날부터 만년 셔츠란 말이 온 학교 안에 퍼져서, 만년 셔츠라고만 부르게 되었다.

4

그 다음날, 만년 셔츠 창남이는 늦게 오지 않았건마는, 그가 교문 근처까지 오기가 무섭게, 온 학교 학생이 허리가 부러지도록 웃기 시작하였다.

창남이가 오늘은 양복 웃저고리에, 바지는 어쨌는지 얄따랗고 해어져 뚫어진 조선 겹바지를 입고, 버선도 안 신고 맨발에 짚신을 끌고 뚜벅뚜벅 걸어 온 까닭이었다. 맨가슴에, 양복저고리, 위는 양복저고리 아래는 조선 바지, 그나마 다 떨어진 겹바지, 맨발에 짚신, 그 꼴을 하고, 이십 리 길이나 걸어왔으니, 한길에서는 오죽 웃었으랴……

그러나 당사자는 태평이었다.

"고아원 학생 같으이! 고아원야."

"밥 얻어먹으러 다니는 아이 같구나."

하고들 떠드는 학생들 틈을 헤치고 체조 선생님이, 무슨 일인가 하고 들여다보니까 창남이가 그 꼴이라 너무 놀라서,

"너는 양복바지를 어쨌니?"

"없어서 못 입고 왔습니다."

"어쩌 그리 없어지느냐? 날마다 한 가지씩 없어진단 말이냐?"

"예에, 그렇게 한 가지씩 두 가지씩 없어집니다."

"어째서?"

"예."

하고, 침을 삼키고 나서,

"그저께 저녁에 바람이 몹시 불던 날 저희 동리에 큰 불이 나서, 저의 집도 반이나 넘어 탔어요. 그래서 모두 없어졌습니다."

들기에 하도 딱해서 모두 혀끝을 찼다.

"그렇지만 양복바지는 어저께도 입고 오지 않았니? 불은 그저

께 나고……."

"저의 집은 반만이라도 타서, 세간[34]을 건졌지만, 이웃집이 십여 채나 다 타버려서 동네가 야단들이어요. 저는 어머니하고 단 두 식구만 있는데, 반만이라도 남았으니까, 먹고 잘 것은 넉넉해요. 그런데 동네 사람들이 먹지도 못하고, 자지도 못 하게 되어서 야단들이어요. 그래, 저의 어머니께서는 우리는 먹고 잘 수 있으니까, 두 식구가 당장에 입고 있는 옷 한 벌씩만 남기고는 모두 길거리에 떨고 있는 동네 사람들에게 나눠 주라고 하셨으므로 어머니 옷, 제 옷을 모두 동네 어른들께 드렸답니다. 그리고 양복바지는 제가 입고 주지 않고 있었는데 저의 집 옆에서 술장사하던 영감님이 병든 노인이신데, 하도 추워하니까, 보기에 딱해서, 어제 저녁에 마저 주고, 저는 가을에 입던 해진 겹바지를 꺼내 입었습니다."

모든 학생들은 죽은 듯이 고요하고, 고개들이 말없이 수그러졌다. 선생님도 고개를 숙였다.

"그래, 너는 네가 입은 셔츠까지도 양말까지도 주었단 말이냐?"

---

34) 세간: 집안 살림에 쓰는 온갖 물건

"아니오, 양말과 셔츠만은 한 벌씩 남겼었는데, 저의 어머니가 입었던 옷은 모두 남에게 주어 놓고, 추워서 벌벌 떠시므로, 제가 '어머니, 제 셔츠라도 입으실까요.' 하니까, '네 셔츠도 모두 남 주었는데, 웬 것이 두 벌 씩 남았겠니!' 하시므로, 저는 제가 입고 있던 것 한 벌뿐이면서도, '예, 두 벌 남았으니, 하나는 어머니 입으시지요.' 하고, 입고 있던 것을 어저께 아침에 벗어 드렸습니다. 그러니까 '네가 먼 길에 학교 가기 추울 텐데, 둘을 포개 입을 것을 그랬구나.' 하시면서, 받아 입으셨어요. 그리고 하도 발이 시려 하시면서, '이애야 창남아, 양말도 두 켤레가 있느냐?' 하시기에, 신고 있는 것 한 켤레였건만, '예, 두 켤레입니다. 하나는 어머니 신으시지요.' 하고, 거짓말을 하고, 신었던 것을 어저께 벗어 드렸습니다. 저는 그렇게 어머니께 거짓말을 하였습니다. 나쁜 일인 줄 알면서도 거짓말을 하였습니다. 오늘도 아침에 나올 때에, '이애야, 오늘같이 추운 날 셔츠를 하나만 입어서 춥겠구나. 버선을 신고 가거라.' 하시기에 맨몸 맨발이면서도, '예, 셔츠도 잘 입고 버선도 잘 신었으니까, 춥지는 않습니다.' 하고 속이고 나왔어요. 저는 거짓말쟁이가 됐습니다."

하고, 창남이는 고개를 숙였다.

"그러나, 네가 거짓말을 하더라도 어머니께서 너의 벌거벗은 가슴과 버선 없이 맨발로 짚신을 신은 것을 보시고 아실 것이 아니냐?"

"아아, 선생님……."

하는 창남이의 소리는 우는 소리같이 떨렸다. 그리고 그의 수그린 얼굴에서 눈물방울이 뚝뚝 그의 짚신 코에 떨어졌다.

"저의 어머니는 제가 여덟 살 되던 해에 눈이 멀으셔서 보지를 못하고 사신답니다."

체조 선생의 얼굴에도 굵다란 눈물이 흘렀다. 와글와글 하던 그 많은 학생들도 자는 것같이 조용하고, 훌쩍훌쩍 거리면서, 우는 소리만 여기저기서 조용히 들렸다.

미련이 나라

1. 지고 간 대문

따뜻한 봄날이어요.

젊은 남자 한 사람이 저의 집을 비워 놓고, 먼 시골로 가는데요, 저의 집 대문짝과 문설주[35]를 빼어서, 그 큰 것을 억지로 짊어지고, 땀을 뻘뻘 흘리면서 가거든요.

그래 하도 이상하여서,

"여보게, 먼 시골로 간다는 사람이 왜 자네 집 대문을 헐어 짊어지고 가나?"

하고, 물었습니다.

---

35) 문설주: 문의 양쪽에 세워 문짝을 끼워 달게 된 기둥

그러니까 그 젊은 양반 대답이,

"대문을 그냥 두고 가면, 도둑놈이 들어가겠으니까, 떼어서 짊어지고 가지요. 대문만 내가 가지고 가면, 아무도 우리 집에 못 들어갈 것이니까요."

하거든요.

묻던 사람도 그럴 듯하여,

"옳지, 그거 참 그럴 듯한 꾀로군!"

하고 탄복하더랍니다.

2. 성 쌓아 새 잡기

한 동네에 전에 못 보던 이상하고 예쁜 새가 나뭇가지에 날아와 앉아서 재미있게 울거든요.

그래 그것을 잡아 보려고, 온 동네 사람들이 모두 모여서, 그 동네의 둘레를 삥 둘러 높다랗게 담을 쌓았습니다.

"이렇게 삥 둘러싸면, 달아날 틈이 없겠지!"

하고요.

그러나 그 많은 사람들이 점심도 못 먹고, 자꾸 쌓고 있는데,

새는 공중으로 후루룩 날아가 버렸습니다.

그러니까 모두들 하는 말이,

"인제 놓쳤으니 내일 다시 오거든 에워싸게."

하고 헤어지더랍니다.

3. 물독 속의 도둑

한 점잖은 주인 내외가 잠을 자는데, 도둑이 들어와서 마루 밑에 숨었습니다.

마누라 : "아이고, 여보 영감! 마루에서 무언지 덜컥덜컥 하는 소리가 나니, 아마 도둑인가 보오."

아내가 남편보고 이렇게 말하는 소리를 듣고, 도둑놈은 들키는가 싶어 가슴이 선뜻하였습니다.

영감 : "무얼? 아마 마루 밑에서 쥐새끼들이 그러는 거겠지……."

이렇게 주인 영감이 대답하는 소리를 옳다구나 하고,

도둑 : "찍 찍 찍찍!"

하고, 쥐 소리를 하였습니다.

영감 : "그것 보지, 저게 쥐새끼 소리 아니고 무언가!"

마누라: "쥐 소리요? 유달리 소리가 큰 걸요. 쥐는 아니어요."

영감 : "그럼 고양이겠지."

도둑 : "야옹 야옹!"

영감 : "저것 보지, 고양이 아닌가."

마누라: "고양이보다는 소리가 큰 걸요. 고양이도 아닌가 보오."

영감 : "고양이보다 소리가 크면 개겠지."

도둑 : "멍멍 멍멍멍!"

도둑놈이 개 소리까지 합니다.

영감 : "저것 보아! 개 소리지."

마누라: "개 소리하고는 다른 걸요."

영감 : "그럼 닭 소린 게지!"

도둑 : "꼬꼬 꼬꼬 꼬꼬꼬!"

영감 : "저거 닭 소리 아닌가?"

마누라: "닭소리보다는 소리가 몹시 큰 걸요."

영감 : "그럼 송아지 소린 게지."

도둑 : "음머, 음머!"

마누라: "송아지 소리보다 큰 걸요."

영감 : "그럼 코끼린 게지."

도둑놈도 코끼리 소리는 알 수가 없으니까, 급한 대로,

도둑 : "기리 기리 기릿!"

마누라: "아이구머니, 저게 무슨 소리요? 코끼리도 웁니까? 저건
　　　　분명히 도둑놈이요."

영감 : "그럼 나가 보지."

도둑놈이 달아날 곳이 없으니까, 급한 대로 부엌 속으로 뛰어
들어가서는 물독 속에 들어가 숨어서, 얼굴만 물 위에 내놓고 앉
았습니다. 주인이 물독을 들여다보다가 물 위에 있는 도둑 얼굴
을 보고,

영감 : "이게 무언가? 바가진가 도깨빈가?"

하니까,

도둑 : "박 박 박!"

영감 : "으응 바가지로군……."

하고 안심하고, 도로 들어가서 자더랍니다.

4. 송아지와 밀가루 부대

미련이 나라의 어떤 점잖은 양반 한 분이, 장날 장터로 송아지 쉰 마리를 사러 가다가, 좁은 다리 위에서 아는 이를 만났습니다.

첫째 : "자네 어디 갔다 오나?"

둘째 : "장터에 갔다 오는 길일세. 자네는 어디에 가는 길인가?"

첫째 : "나는 송아지 쉰 마리 사러 장에 가는 길일세."

하니까, 그 사람이 깜짝 놀라며,

둘째 : "어이구, 송아지를 쉰 마리씩이나 사서, 어느 길로 끌고 오려나?"

첫째 : "물론 이 길, 이 다리 위로 오지."

하니까, 그 사람은 아까보다도 더욱 놀라면서,

둘째 : "이 좁은 다리 위로 송아지 쉰 마리를 어떻게 끌고 건넌 단 말인가? 안 되네 안 되어."

첫째 : "왜 못 건너간단 말인가?"

둘째 : "못 건너가네, 못 건너가."

첫째 : "왜 못 건너간단 말인가?"

둘째 : "암만 그래도 안 될 말일세. 무슨 수로 쉰 마리를 끌고

이 다리를 건넌단 말인가?"

첫째 : "글쎄, 건너간다는데 왜 못 건넌다고 그러나?"

둘째 : "못 건너가네, 못 건너가!"

이렇게 두 어른이 건너가네, 못 건너가네 하고, 다리 위에 서서 온종일 싸우고 있었습니다.

해가 지고 어둡기 시작하는 저녁때가 되었습니다. 다른 어른 한 분이 장터에서 밀가루 한 부대를 사서 짊어지고 돌아오는데, 다리 위에 이르렀을 때, 좁은 다리 위에 두 사람이 서서 건너가네 못 건너가네 하고 싸우고 있는지라 무슨 소린지는 모르겠으나, 하여튼 싸움이 끝나거든 건너가려고, 무거운 부대를 짊어진 채 한참이나 서서 기다렸습니다.

그러나 암만 기다려도 싸움은 끝나지 않고, 밤이 되도록 건너 가네 못 건너가네 하고만 있으므로, 하도 갑갑하여,

셋째 : "여보, 당신들 아까부터……."

첫째·둘째 : "여보, 아까부터가 아니라 아침부터라오."

셋째 : "그렇습니까? 그럼 잘못했었습니다. 아침부터 무얼 건너 가네 못 건너가네 하고 싸우십니까?"

첫째 : "그런 게 아니라오. 내가 송아지 쉰 마리를 사 가지고 이

다리로 건너가겠다 하니까, 이 사람이 못 건너간다고 해서, 이렇게 싸우고 있다오."

셋째 : "그래 송아지 쉰 마리를 사기는 정말 샀나요?"

첫째 : "인제 사러 가는 길이오."

셋째 : "장은 다 파했는걸요."

첫째 : "아차차, 그럼 다 틀렸군!"

셋째 : "여보시오, 싸움은 그만두시오. 내가 당신 두 분께 할 말씀이 있으니, 내 등에 있는 밀가루 부대를 좀 내려 주시오."

첫째와 둘째가 셋째의 등에 지고 있는 밀가루 짐을 내려 주었습니다.

그러니까 그 사람이 밀가루 부대의 주둥이를 풀어헤치더니, 개천에다 대고 거꾸로 들어 밀가루를 모두 개천 물에 쏟아 버리고 나서, 빈 부대만 훌훌 털어서, 첫째와 둘째의 코앞에 내밀면서,

셋째 : "당신 두 분의 머릿속이 이 부대같이 텅 비었소."

하더랍니다.

건네가네 못 건네가네 하고, 온종일 싸우고 섰던 두 분과, 머릿속이 비었다는 말을 하려고, 밀가루 한 부대를 쏟아 버린 어른이, 어느 분이 더 똑똑한지요?

5. 거꾸로 매단 절구

　미련한 어른만 사는 나라에도 새로운 물건 이치를 발명해 내는 연구가가 계셨습니다. 하루는 굉장한 새 발명을 하였다고, 집집으로 다니면서 떠들길래, 무슨 신통한 새 발명을 또 했는가 하고, 이 집 저 집에서 미련한 어른들이 새 옷을 꺼내 입고, 길이 막히게 꾸역꾸역 모여들었습니다.

　새 발명을 했다는 연구가가, 헛간에 큰 절구 있는 곳에 서서, 큰 소리로 연설하는 말씀이,

　"에헴 다른 연구가 아니라, 쌀 찧는 데 관한 발명이므로, 살림살이에 대단히 소중한 발명입니다. 에헴, 누구든지 쌀을 찧을 때에 공이[36]를 번쩍 들었다가, 쾅쾅 놓아서 찧는데, 그것을 가만히 보고 연구한즉, 공이를 쾅 하고 아래로 내려놓는 것은, 쌀을 찧으니까 필요하지마는, 위로 번쩍 드는 것은 아무 필요가 없이 헛된 힘이 되는 것입니다. 그런데 쌀을 찧느라고 내려놓을 때에는 오히려 힘이 안 들고, 아무 필요도 없이 공연히 위로 번쩍 드는 데도, 도

---

36) 공이: 절구에 든 물건을 찧는 도구

리어 힘이 많이 듭니다. 그래서 이 사람은 연구하기를, 어떻게 하면 힘을 들여가면서 위로 번쩍 드는 것을 잘 이용할까 하고 생각한 결과, 굉장히 편리하고 유익한 것을 발명하였습니다. 에헴, 자세히 들으십시오. 공이를 내려놓을 때는 힘을 안 쓰고, 위로 쳐들 때에는 많은 힘을 쓰니까, 위에도 아래와 같은 절구 하나를 거꾸로 매달아 놓고, 거기다가 쌀을 부어 두면, 공이를 위로 쳐들 때에는 위로 거꾸로 달린 절구의 쌀이 찧어질 것이 아닌가 말씀입니다. 그러면 공이를 한 번 들었다 놓는데, 위아래 두 군데 쌀이 한꺼번에 찧어지니까, 우리의 살림살이가 대단히 편해질 것이라는 말씀입니다."

이 굉장스런 연설을 들어 보니, 참말 그럴듯한지라, 모였던 사람들이 모두 손뼉을 치면서 기뻐하고, 연구가를 위하여 만세를 부르면서 헤어져 돌아갔습니다.

돌아가서는 곧 실행을 하려고, 집집에서 절구 하나씩을 더 장만하느라고 야단이 났습니다. 절구가 모자라서 절구 값이 금시에 몇 십 갑절이나 비싸지고, 나중에는 아무리 돈을 많이 주고 사려도 해도 절구가 하나도 남지 않았습니다.

그래 땀을 뻘뻘 흘리면서, 절구를 모두 거꾸로 천장에다 디룽디

롱 매달아 놓았습니다. 그러나 쌀을 부을 수가 도무지 없었습니다. 부으면 쏟아지고, 부으면 쏟아지고 하여, 암만하여도 쌀이 붙어 있지를 않았습니다.

하다 못하여, 연구가를 일일이 모셔다가 지휘를 받아서 해 보았으나, 참말 연구가가 자기 손으로 하여 보아도 쌀을 부을 재주가 도무지 없었습니다.

"여러분, 잠깐만 더 기다리십시오. 내가 거꾸로 매단 절구에 쌀을 붓는 법을 마저 연구할 터이니까요."

하였습니다.

그러니까, 모든 사람들이 또 손뼉을 치고 기뻐하면서,

"네, 제발 좀 그것도 연구해 주십시오."

하고, 빌었습니다.

그러나 연구가는 끝끝내 그 방법은 발명해 내지 못하고 죽었답니다.

6. 자반 비웃을 먹은 뱀장어

미련이 나라에 사는 미련한 양반들이 제일 좋아하는 밥반찬이 있으니, 그것은 자반 비웃[37]이었습니다. 그러나 이 자반 비웃이 그 나라에는 없고, 오십 리 밖에 있는 다른 나라에 가야 사다 먹게 되므로, 미련한 양반들의 생각에도 그것이 불편하거든요.

그래서 미련한 양반들이 일제히 한곳에 모여서 회의를 열었습니다. 시간이 되니까, 한 양반이 벌떡 일어나더니 하시는 말씀이,

"오늘 회의는 다른 게 아니라 우리가 자반 비웃을 잘 먹는 것은 우리들의 특성인데, 그놈을 한 번 먹자면, 오십 리나 되는 곳을 가야 사 오게 되니, 이런 불편한 일이 어디 있겠습니까. 그래서 그렇게 불편하지도 않고 아주 편하게 자반 비웃을 먹을 도리가 없을는지, 그것을 다 같이 의논해 보려고 모인 것입니다. 그러니 여러분 중에 좋은 의견이 있으면 말씀해 주십시오."

미련한 양반들은,

"글쎄, 좋은 꾀가 없을까?"

---

37) 자반 비웃: 소금에 절인 청어

하고, 서로 서로 좋은 의견이 나오기를 기다리고 있는데, 그 중에
도 똑똑하고 영악하다는 양반 하시는 말씀이,

"자, 여러분! 이렇게 하는 것이 어떨까요? 우리 동네에 큰 연못
이 하나 있지요?"

"암, 있지요."

"그 연못에다 자반 비웃을 한꺼번에 듬뿍 사다가 집어넣고, 한
참 동안 그대로 내버려 둡시다. 그러면, 그놈이 연못 속에서 새끼
를 까고 또 까서, 나중에는 굉장히 많아지지 않겠습니까. 그때에
는 우리가 마음대로 잡아다 먹는 것이 어떨는지요?"

이 의견을 들어 보니, 참말 그럴듯한지라, 모였던 사람들은 모두
손뼉을 치면서,

"그 의견이 좋소."

하고, 소리쳤습니다. 그래서 그곳에 모였던 사람들은 그 자리에서
돈들을 거둬 모아 가지고, 오십 리 밖에 가서, 자반 비웃을 한꺼
번에 오백 마리나 사다, 그 동네 연못에 집어넣었습니다.

그 후 한 일 년 지나서,

"인제는 오백 마리나 되는 놈이, 새끼를 한 마리씩만 낳아도, 천
마리는 되었으리라."

하고, 하루는 온 나라 양반들이 모두 그물과 낚시를 가지고, 연 못가에 몰려와서, 일 년 전에 집어넣어 둔 자반 비웃을 잡느라고 야단들이었습니다.

그러나 웬일인지 그 많은 사람들이 하루 온종일 그물을 치고 낚시를 던져도, 자반 비웃은 한 마리도 잡히지 않고, 맨 지푸라기 와 흙덩어리만 걸려 올라왔습니다.

그래 여러 양반들은 까닭을 알 수가 없어서,

"웬일일까? 웬일일까?"

하고, 떠들었습니다. 그러자 한 양반이,

"그놈들이 혹시 물속에 있는 진흙을 파고 들어가 숨어 있는지 도 모르니, 누구든지 물속으로 뛰어 들어가서, 흙 속을 한 번 찾 아보는 것이 어떻습니까?"

하니까, 여러 사람들은 또 그럴듯한지라,

"옳소!"

하고, 소리쳤습니다. 그래 헤엄 잘 치는 양반을 한 분 뽑아서, 물 속으로 들여보냈습니다.

물속에 들어간 양반이 한참 진흙 속을 손으로 더듬다가, 무엇 인지 손에 물큰 쥐어지는 게 있어서, 무언가 하고 두 손으로 꼭 붙잡고 얼른 물 밖으로 나와 보니까, 그것은 큰 뱀장어였습니다.

여러 사람들은 그제야,

"옳지, 저 뱀장어란 놈이 그 자반 비웃을 죄다 잡아먹었구나!"

생각하고, 너무도 분하고 원통하여서,

"그놈은 우리 여러 사람이 먹을 반찬을 저 혼자 먹은 놈이니, 모가지를 뎅겅 잘라 죽여라!"

하기도 하고,

"아니다. 그놈을 죽이되, 온 몸을 갈갈이 찢어 죽여야 한다."

하기도 하고,

"아니다, 그놈은 불 속에다 넣어서 태워 죽여야 한다."

하고, 제각기 야단들이었습니다.

그러니까 그 중에도 좀 똑똑하다는 양반이 하시는 말씀이,

"아니오. 그놈을 그렇게 칼로 베거나 불에 태워 죽이면 얼른 죽어 버릴 터이니, 좀 더 오래 괴롭히다가 죽도록 하자면, 물에 빠뜨려 죽이는 것이 제일입니다 그놈이 진흙 속에 꼭 파묻혀 사는 것을 보면, 물을 그 중 싫어하는 모양이니까, 그렇게 죽이는 것이 어떻습니까!"

다른 사람들도 그렇게 하는 것이 좋을 듯해서.

"그렇게 하자!"

하고, 소리쳤습니다.

그래 뱀장어는 미련한 양반들이 맛있게 잡수실 자반 비웃을
죄다 잡아먹었다는 죄로, 미련한 양반들에게 꼭 붙잡혀서, 연못
물속에 던져졌습니다. 그러니까 뱀장어는 좋아라고 물속으로 헤
엄쳐 들어갔습니다.

그러나 미련한 양반들은 뱀장어가 물속으로 가라앉는 것만 보
고, 자기네들의 원수를 잘 갚았다고 손뼉을 치면서,

"에그, 죽여도 참 시원스럽게 죽였다!"

하고, 좋아서 입을 '헤에' 벌리고 돌아가더랍니다.

꾀 나는 걸상

　효남이는 할아버지 환갑 잔칫날이 가까워오므로 무엇이든지 선물 한 가지를 자기 돈으로 사 드리려고 돈 주머니를 꺼내어 툭툭 털어 보았지만 겨우 단돈 50전밖에는 없었습니다. 50전, 그것도 일 년 동안이나 두고두고 이따금 몇 푼씩 생기는 것을 한 푼도 쓰지 않고 모아 두고 모아 두고 하였던 일 전짜리 동전이었습니다.

　"단돈 50전을 가지고 무엇을 사나……. 할아버지께서는 무엇보다도 편안히 앉으실 걸상[38]이 필요한데……."

　이렇게 생각하며 거리를 이리저리 돌아다녀 보았으나, 모두 3원, 4원씩 하는 것이고 50전 가지고 살 수 있을 것 같은 걸상은

---

38)　걸상: 의자

구경도 할 수가 없었습니다.

"어떻게 할까?"

하고 이번에는 행랑[39] 뒷골로 걸어가며 이곳저곳을 살피노라니 어떤 고물 상점에 다 떨어진 궤짝과 찌그러진 걸상들이 이 구석 저 구석에 함부로 놓여 있는데 그 중에 보기에도 다 찌그러진 걸상 한 개가 있었습니다.

효남이는 그거나 50전에 살 수 있을까 하고,

"이 걸상을 50전에 팔겠습니까?"

고 물었습니다. 주인은,

"그것은 아주 못 쓰게 된 것이니까 50전에 팔지."

하고 얼른 내주었습니다.

효남이가 걸상을 가지고 가려니까 원래 무겁기도 하려니와 다리가 왼쪽 것을 주어 붙이면 오른쪽 것이 떨어지고 해서 죽을 애를 다 써서 겨우 집에까지 들고 왔습니다. 집에 와서 보니 다리를 아무리 주어 붙여도 자꾸 떨어지곤 해서 도저히 사람이 앉을 것 같지 않았습니다. 어머니는,

---

39) 행랑: 대문의 양쪽이나 문간 옆에 있는 방

"그것은 50전도 비싸다. 앉아 보지도 못할걸."

하고 혀를 차시지요. 효남이는 겨우 네 발을 주어다 대고 끈으로 동여매 놓고 앉아 보았습니다. 잠깐 앉았더니,

"어머니! 저는 이것을 모아 붙이는 방법을 알아내었습니다."

하고, 뛰어가서 곧 망치와 못을 가지고 와서 네 다리를 맞추어 놓았습니다.

그때 할아버지가 들어오시어서 잠깐 걸터앉으시더니,

"옳지, 옳지."

하고, 벌떡 일어나서 밖으로 나가시더니 얼마 안 되어 돈을 한 주머니 갖고 들어오셔서,

"그 걸상에 잠깐 앉으니까 돈 생길 지혜가 저절로 나더라."

하고 벙글벙글 웃으시지요.

너무도 이상하니까 어머니도 잠깐 걸터앉아 보시더니,

"옳지, 알았다. 알았다."

하시면서 일어나 나가시더니 이번에는 좋은 반찬거리를 사 가지고 들어오셨습니다.

그 걸상에 앉았기만 하면 누구든지,

"단 50전짜리로도 이렇게 편한 걸상을 장만하였다."

하는 생각을 하게 되어 돈을 묘하게 쓸 줄 아는 꾀가 생기는 것이었습니다. 그래서 그 걸상의 덕으로 그 후는 더 버는 돈이 없건 만은 살림은 점점 너그러워졌습니다.

세숫물

옛날이었습니다. 서울 어떤 여관에 상투를 틀어 붙이고, 굵다란 짚신을 신은 시골뜨기 두 사람이 들었습니다. 한 번 보아, 이들은 궁벽한[40] 산촌에서 온 사람인 줄을 여관 주인은 곧 알았습니다.

과연 이들은 밤이나 낮이나 산새 소리와 돌 틈으로 흘러가는 시냇물 소리만 듣고 자라난, 아주 산골내기였습니다. 이들은 서울이 좋다는 바람에, 에라 좋다는 서울이나 한 번 가 보자고, 몇 달 동안 팔아 모은 나무 값을 죄다 긁어 가지고, 서울로 뛰어온 것이었습니다.

다음날 아침! 여관집 하인은 대야에 물을 떠서, 소금과 함께 두

---

40) 궁벽한: 후미지고 으슥한

상투쟁이 앞에 갖다 놓았습니다. 이것은 묻지 않아도 세수하라고 놓은 것이지요.

그런데 이 두 사람은 미련하게도 이 물을 세숫물로 생각지 못하였습니다. 그리하여 이들은 생각다 못해 마시기로 했습니다. 서울 사람은 아침엔 이런 것을 먹고 마는가 생각하여, 소금을 한 번 혀끝으로 찍어 먹고는 물을 한 모금 마시고 또 소금을 먹고는 물 마시고. 이리하여, 그들은 그 많은 물을 거의 다 마시고 말았습니다.

곁에서 이 꼴을 본 여관 주인과 하인들은 배를 움켜쥐고 깔깔대었습니다.

그러자 조반상[41]이 들어왔습니다. 그러나 두 상투꾼은 소금과 물로 배를 채웠기 때문에, 밥은 한 술도 먹지 못하고 도로 냈습니다. 그리고 그들은,

"에잇, 서울은 깍쟁이만 산다더니, 아침밥을 남기게 하느라고 밥보다 먼저 물을 먹이는구나."

"여보게, 어서 가세. 서울 구경이고 뭐고, 이런 데 있다간 사람

---

41) 조반상: 아침밥을 차린 상

죽겠네."

하며, 그들은 골이 머리끝까지 나서, 여관 문을 나섰습니다. 서울을 원망하며 산골짜기 집을 향하여 걸음을 빨리 하였습니다. 길가에서 날이 저물게 되어, 다시 어떤 여관으로 들어갔습니다.

다음날 아침 세숫물을 떠다 놓는 여관집 하인을 보고, 두 사람은 다 같이 호령을 하는 것이었습니다.

"세상이 아무리 야박[42]하기로 손님에게 맹물을 마시게 하다니, 그래 그런 법이 어디 있단 말이냐, 응?"

책망[43]을 들은 하인은 어쩐 영문인지 몰라 어리둥절하였다가, 나중에 모든 것을 알고는 하도 어이가 없어,

"아, 여보, 손님, 그게 소금으로 이 닦고, 얼굴 씻으라는 물이라오. 하하, 우스운 사람도 다 보겠네."

이 말을 들은 두 사람은 얼굴도 들지 못하고, 다시 그 여관 문을 나섰습니다.

"여보게, 아, 그걸 몰랐구먼!"

"글쎄, 그렇겠지. 냉수를 먹으라고 하였겠나?"

---

42) 야박: 자기만 생각하고 인정이 없음.
43) 책망: 잘못을 꾸짖고 나무람.

그들은 산골길로 향하지 않고, 다시 돌아서서 서울로 향하여 걸었습니다. 이왕 구경 떠난 바이니, 구경을 하고 가려고…….

다시 서울 온 두 상투꾼은 어느 여관에 드나 망설이다가, 결국 전에 들었던 여관을 찾기로 하였습니다. 그것은 전에 잘 모르고 세숫물을 먹었던 것을, 이제 와서는 우리도 세숫물인 줄 안다는 것을 모든 사람에게 보여 주기 위한 생각에서, 다시 그 여관을 찾았던 것이었습니다.

한가롭던 그 여관에는 '세숫물 마시던 사람이 또 왔다.'하여 갑자기 야단이 났습니다. 그리하여 새벽부터 그 여관에는 너도 나도 세숫물 마시는 꼴을 구경하러, 근처 영감, 근처 할머니 다 잔뜩 모였습니다. 여관 주인은 하인에게 이르기를,

"손님에게 세숫물을 마시게 하여서야 되겠느냐? 오늘 아침에는 팥죽을 묽게 쑤어서 갖다 드려라."

하인은 주인의 말과 같이 팥죽을 묽게 쑤어서 큰 그릇에 가득 담아, 손님의 방문 앞에 갖다 놓았습니다.

손님은 마침 어서 세숫물을 떠 오기만 하면, 얼굴을 씻으리라 고대하다가, 하인이 무엇을 놓고 가니 곧 문을 열고 나와, 저고리를 벗어젖히고, 손을 담그려다가 보니, 그것은 물이 아니라 맛있

음직한 죽이었습니다.

여기서 두 사람은 고개를 갸웃거립니다. '이것은 분명 죽인데, 먹으라고 떠 온 것일까? 세숫물일까? 먹을까? 얼굴을 씻을까? 아니 먹으면 또 잘못하는 것이 아닐까? 에라, 서울 사람은 죽으로도 세수하나 보다!'

하고, 결국 그들은 죽 그릇에 두 손을 담가 얼굴과 목과 머리에 그 죽을 비벼대기 시작하였습니다. 이 꼴을 본 많은 사람들은, 참고 참았던 웃음이 일시에 터져 '아하하' 하는 소리에 여관이 떠나가는 듯하였습니다.

세숫물

잘 먹은 값

　한 나그네가 길을 가다가 날이 저물어서, 길가 집에 하룻밤 자고 가기를 청하였더니, 있는 사랑에 거절하지는 못하고, 들어앉게는 하나, 인사하는 투로 보거나 여러 가지가 친절하지 못하고, 거만스럽고 야릇한지라 대단히 불쾌한데, 한방에 먼저 와 앉은 손님은 이 집 주인의 새 사돈이라 하여, 그에게만 대접을 융숭하게 하므로 나그네가,

　"이 주인이 나중에 밥상을 층하[44]를 지어, 저 사돈은 잘 먹이고, 나는 아무렇게나 먹일 눈치로구나!"

생각하고 있었습니다.

　이윽고 주인이 안으로 들어가더니, 머슴을 시켜서 사돈의 밥상

---

44) 층하: 다른 것보다 낮게 보아 소홀히 대함.

을 먼저 썩 잘 차려 내 보내므로, 나그네가 사돈보다 먼저 일어나면서,

"나는 먼 길 오느라고 시장하여서, 실례지만 먼저 먹습니다."

하고, 받아들고 앉아서 잘 먹었습니다. 나중에 나오는 상은 나그네 상이라, 간장 하고 새우젓뿐인데, 사돈집에 와서 밥상 싸움을 할 수도 없어서, 그냥 그것을 받아들고, 억지로 씹어 삼키고 앉았습니다.

주인이 나와 보니까, 상이 바뀌어서, 미운 나그네가 아주 맛있게 먹는지라, 사돈께 미안하고 남부끄러워 어쩔 수 없으나, 별안간에 새로 차릴 수도 없고, 나그네가 듣는데 상이 바뀌었다 할 수도 없고, 그냥 그냥 그 밤을 지냈습니다.

이튿날 아침에는 아무것도 안 차린 나그네 상을 먼저 내보내고, 잘 차린 사돈상은 나중에 내보내기로 하였습니다. 그러나 눈치 챈 나그네는 밥상을 받기 전에 사돈보고,

"엊저녁에는 정말 시장하여서 염치 불구하고 먹었거니와, 오늘은 영감께서 먼저 잡수시지요."

하고, 상을 자기가 받아다가 사돈의 앞에 놓았습니다.

사돈이,

"아니, 그 상은 내 상이 아니오."

할 수도 없고, 그냥 덤덤히 받아들고 앉아서 억지로 먹고 있는데, 정말 잘 차린 사돈상은 나중에 나그네가 받아들고 앉아서, 맛나게 먹었습니다.

주인이 나와서 그 꼴을 보고, 골이 어찌 나든지, 안에 들어가서,

"에이, 이놈의 집을 모두 헐어 버리고 말아야지. 부아가 나서 살 수가 있나?"

하고, 혼자 야단 야단하고 있었습니다.

잘 차린 상을 다 먹고 나서, 나그네가 머슴을 보고, 도끼를 잠깐 내어다 달라고 조르니까, 주인이 나와서,

"도끼는 무엇 하려고 그러느냐?"

하고, 물으니까,

2편_ 창작동화 18선

"그렇게 잘 차린 밥을 두 끼나 얻어먹고, 어찌 그냥 가겠습니까? 돈을 드릴 수는 없고, 주인댁 일이나 좀 해 드리고 갈밖에 없는데, 아까 들으니까, 이 집이 망한다고 모두 허물어 버리겠다 하시는 말을 들었기에, 밥 먹은 값으로 기둥이라도 찍어 드리고 가려고 그럽니다."

하였습니다.

　주인이 그만 잘못했노라고 손이 발이 되도록 비는 것을 보고,

"여보, 아무리 길 가다가 잠시 묵어가는 손이기로서니 그렇게 괄시를 한단 말이오."

하고, 준절히[45] 꾸짖어 놓고 떠나갔습니다.

---

45) 준절히: 매우 위엄이 있고 정중하게

삼부자(三父子)의 곰 잡기

　동산에 병풍을 치고 앞산 뒷산 담을 둘러서 불어오는 찬바람
도 길이 막혀 돌아서고, 밝은 해와 달도 발돋음을 하고서야 넘겨
다보는 두메산골 한 동리에서 아버지 김 서방과 맏아들 영길이,
둘째 아들 수길이, 세 식구가 날마다 재미있게 살아가는 집이 있
었습니다.

　그런데 가난한 이 세 식구는 땅이 없어서 농사도 못 짓고, 밑천
이 없어서 장사도 못하고, 오직 산짐승을 사냥하여 겨우 그날 그
날을 지내갔습니다.

　사냥을 한다고 해도 총이나, 칼이나, 창 같은 것이 없어 맨주먹
에 몽둥이 한 개씩을 들고 무슨 짐승이든지 만나는 대로 때려잡
는 것이었습니다.

　그래서 노루, 사슴, 토끼 같은 작은 짐승은 말할 것도 없고, 산

돼지나 곰 같은 무서운 짐승이라도 만나기만 하면 영락없이 때려 잡곤 하였습니다.

이렇게 말하니까, 여러분이 혹 수길이네 삼부자를 모두 기운이 무척 센 천하장사인 줄로 생각하시는지도 모르겠습니다마는 이 세 사람은 결코 장사도 아무것도 아니요, 그저 보통 사람이었습니다.

그러기 때문에, 그 동리 사람들은 모두 수길이 삼부자가 아무 무기도 없이 커다란 곰을 잡아 오는 것을 이상스럽게 여기었습니다.

"수길이네 삼부자가 총도 없이 어떻게 그 날쎄고, 무서운 곰을 잡는지 참 신기한 노릇이야!"

"글쎄 한 번 따라가 보았으면 좋겠는데……."

"그러다가 산짐승이 달려들어 골통⁴⁶⁾을 깨물면 어떻게 하나?"

동리 사람들은 모여 앉기만 하면 이런 말을 주고받았습니다. 그러나 모두 겁이 앞서서 따라가 보겠다고 나서는 사람은 없었습니다. 오직 그 동리에서 제일 기운이 세고 겁이 없는 칠성이가 한

---

46) 골통: 골통이의 준말로 머리를 속되게 부르는 말

번 따라가서 수길이 삼부자의 곰 잡는 양을 먼빛에서 구경하였을 뿐입니다.

수길이 삼부자가 몽둥이로 곰을 때려잡을 때는 끔찍하면서도 무섭고도 우스웠습니다.

삼부자가 몽둥이 한 개씩을 들고 줄렁줄렁 곰의 굴 앞으로 몰려가서는,

"웅손아! 웅손아!"

하고, 소리를 지르면 황소 같이 커다란 곰이,

"어흥!"

소리를 치며 쏜살같이 달려 나옵니다.

그때에 한 사람이 날쌔게 달려들어 곰의 머리를 몽둥이로 내려치면 곰은 골이 잔뜩 나서 앞발을 번쩍 들어 그 사람을 깔고 앉았습니다. 이대로 가만 내버려 두면 곰에게 깔린 사람은 할퀴어 죽을 것이지만 이때에 다른 사람이 또 번개같이 달려들어 몽둥이로 머리를 내려치면, 곰은 먼저 깔고 앉아 할퀴려던 사람을 내버리고, 둘째 번에 달려든 사람을 깔고 앉습니다. 그러면 다른 사람이 또 달려들어 머리를 내려칩니다.

이렇게 번갈아서 불이 번쩍 나도록 달려들어 내리갈기고, 깔리

고, 내리갈기고, 깔리고 하는 동안에 깔렸던 사람이 또 일어나서 내리갈기고……, 이와 같이 한참 동안 싸우면 곰은 머리가 빠개져서 피를 흘리고 죽어 넘어집니다.

이야기로 해서는 대단히 쉬워 보이지만, 수길이 삼부자가 곰 한 마리를 잡기 위해서 목숨을 내던져 한바탕 싸울 때에는 그야말로 눈코 뜰 사이가 없이 바쁘게 덤비는 것입니다. 까딱 잘못하면 먼저 들어가 깔린 사람의 목숨이 끊어질 터이니, 어찌 아슬아슬한 노릇이 아니겠습니까.

생각만 하여도 온몸에 소름이 쭉 끼치고 두 손에 찬 땀이 꼭 쥐어집니다. 이 모양으로 곰을 잡아다 팔곤 해서, 처음에는 더할 수 없이 구차하던 수길이의 집 살림이 점점 넉넉하여지는 것을 보고 제일 먼저 부러워하고 욕심을 낸 사람은 칠성이었습니다.

그리고는, '나도 한 번 곰 사냥을 하여 보고야 말리라.'고 속으로 부르짖으며 주먹을 불끈 쥐었습니다.

어느 날, 수길이의 형님이 볼 일이 있어서 어디를 갔으므로, 수길이와 그 아버지도 할 수 없이 며칠 동안을 놀고 있었습니다. 이 때에 칠성이가 달려와서,

"요사이는 어찌해서 곰 사냥을 하지 않습니까?"

하고 수길이 아버지에게 물었습니다.

"영길이가 어디를 가서……."

수길이 아버지는 이렇게 대답했습니다.

"그러면 저하고 같이 가시지요! 이 주먹으로 내려치면 그까짓 곰 한 마리쯤이야 단 한 번에 죽어 넘어지지요."

칠성이는 이렇게 말하며 무섭게 커다란 주먹을 불끈 쥐어 보였습니다.

"안 돼! —— ! 아무리 기운이 세더라도 곰만큼 기운이 세지 못할 것은 사실인데, 그 기운을 믿어 가지고는 안 돼."

수길이 아버지는 머리를 절레절레 흔들면서 이렇게 대답했습니다.

칠성이는 그래도 가만히 있지 않고,

"어째서 안 됩니까? 제가 영길이만큼 사냥을 못 하리라는 말씀입니까?"

하고, 대어들어 물으니까, 수길이 아버지는,

"사냥이야 잘 하든지 못하든지, 이 노릇은 삼부자가 해야 되는 것이지, 남과 같이 하지는 못하는 것이야! 꼭 삼부자라야 돼!"

하고, 대답하였습니다. 칠성이는 아직도 알아듣지 못하고,

"왜요? 삼부자가 아니면 곰이 때려도 죽지 않습니까?"

또 물었습니다.

"아니 딴 사람이 때린다고 곰이 죽지 않을 리야 없지! 때리기만 하면 물론 마찬가지지! 그렇지만 우리가 하는 사냥은 목숨을 내놓고 죽기 살기를 함께 하기로 하고 달려들지 않으면 안 되는 것이야! 친부자간이나 형제간에서는 아무리 내 몸이 위급하더라도 나 하나만 살 생각을 두지 않고, 죽어도 같이 죽고 살아도 같이 살기로 자꾸 달려드니까 나중에는 곰을 잡지만 다른 사람이야 어디 그런가? 그래서 안 된다는 것이야! 이제는 알아들었나?"

수길이 아버지는 이렇게 말하며 칠성이의 얼굴을 들여다보았습니다.

가만히 앉아서 이야기를 듣고 있던 칠성이는,

"네! 알아들었습니다. 그렇지만 저는 결단코 내 몸이 급하다고 먼저 도망을 하지는 않겠습니다. 꼭 친부자간, 친형제간 같이 마지막까지 싸우지요! 제가 이 전에 한 번 가만가만 따라가서 먼빛에서 곰 잡으시는 것을 보았습니다. 저도 꼭 영길이와 같이 하지요. 어서 같이 갑시다."

하며, 당장 손목을 끌듯이 서둘렀습니다. 수길이 아버지는 빙그

레 웃으면서,

"정말 그렇다고 하면 가지! 그런데 앉아서 생각하고 말하기와 실지와는 딴판이야!"

"네! 염려 마십시오!"

칠성이는 결심한 듯이 부르짖었습니다.

이리하여 세 사람은, 산으로 올라가서 어떤 커다란 곰의 굴 앞까지 갔습니다. 가서는 전과 같이,

"웅손아! 웅손아!"

소리를 지르니까, 송아지 같은 곰 한 마리가 달려 나왔습니다. 칠성이가 남보다 먼저 달려들어 몽둥이로 곰의 머리를 내려치니까, 곰은 조그만 눈을 홉뜨고 달려들어 칠성이를 깔고 앉았습니다. 이때에 수길이 아버지가 달려들어 머리를 내려치니까, 곰은 칠성이를 놓고 수길이 아버지를 깔고 앉습니다. 또 수길이가 달려들었지요. 그런데 칠성이가, 두 번을 배 밑에 깔리고 나니까, 그야말로 온몸이 송편처럼 납작하여지는 것 같았습니다. 그래서 처음 떠나올 때에 먹은 마음은 다 어디 가고, 죽을까 보아 겁이 앞서서 다시는 달려들어 싸우지 못하고 한편 모퉁이에 피하여 서서 치를 덜덜 떨며 수길이 부자가 싸우는 양을 보기만 하였습니다.

수길이와 그 아버지는 칠성이가 빠져 나갔는지 않았는지 생각할 여지도 없이, 불이 번쩍 일도록 달려들어 내려치고 또 일어나서 내려치고, 내려치고는 또 깔리고 하며 얼마 동안 싸워서, 그 곰을 때려 죽였습니다.

　온몸이 땀으로 목욕을 하다시피 된 수길이 아버지는 숨이 턱에 닿아서,

　"이번에도 죽이기는 죽였다마는 어째서 차례가 이다지 잦으냐."

하며, 수길이를 돌아보았습니다.

　"글쎄요. 오늘은 전보다 더 급한 걸요!"

하였습니다.

　여러분은 누구든지 칠성이의 행동을 더럽게 여길 겁니다. 그러나 오늘날 세상의 말로는,

　"힘을 합치자! 한 몸이 되자!"

하고, 떠들지만 정작 곰 배 밑에 깔리는 것 같은 위급한 경우를 당하면 슬그머니 빠져 나와서 모르는 척하는 사람이 얼마나 많습니까? 그와 반대로 만일 수길이의 삼부자처럼 아무리 위급한 경우를 당하더라도 처음에 먹은 마음이 변치 않고 끝까지 싸우

는 사람이 단 천 명, 백 명 아닌 단 열 명, 단 세 명만 엉키면 천

하에 무서운 것과, 못 할 일이 없을 것입니다.

　곰도 잡고, 호랑이도 잡지요.

　속담에,

　"삼부자 곰 잡듯 한다."

는 말은 바로 이런 경우를 두고 하는 말입니다.

방정환(方定煥)의 일대기

호는 소파(小波)

언론인, 교육자, 문학가, 아동보호운동의 선구자

1899년 서울 야주개(지금의 종로구 당주동)에서 장남으로 태어났다.

대가족이 함께 살았던 그의 집안은 야주개에서 나름 큰 장사를 하고 있었다. 어머니는 몸이 약해서 늘 누워 계셨지만, 가정형편은 넉넉한 편이었다.

어려서 할아버지의 지도로 천자문을 배웠다. 한문을 익혔지만 친척이 신식소학교에 다니는 것을 늘 부러워했다. 보성소학교에 따라갔다가 교장의 눈에 띄어 가장 어린 나이로 보성소학교 유치반에 입학했다. 머리를 깎고 입학하는 것을 할아버지는 반대했지만, 다른 가족들은 도와주었다.

서당교육을 주로 받았던 시기에 사립학교였던 보성소학교에 입학할 수 있었던 것은 그의 집안이 개방적이었고 경제적 능력을 갖추었기 때문이었다. 경제적으로 넉넉한 집안에서 행복한 시절을 보낸 것도 잠시, 왕실을 상대로 사업을 했던 그의 집안은 거듭되는 부친의 사업실패로 기울어져 이후 방정환은 배고픔과 싸우며 견디기 힘든 어린 시절을 보냈다.

1909년 매동보통학교에 입학했다가 이듬해 집의 이사로 미동보통학교로 전학하였다.

아버지가 경제적인 어려움을 극복하고자 천도교인이 되어 방정환도 천도교를 믿게 되었다. 방정환은 '소년입지회'(독립 운동가이자 천도교 핵심인물이었던 권병덕이 조직한 모임)에서 동화구연과 토론회 등을 하며 정신적으로 성장해 갔다.

1913년 선린상업학교에 입학하였으나 이듬해 중퇴하였다.

가문의 전통을 잇기 원했던 아버지의 뜻을 따라 선린상고에 입학하였다. 그러나 문학 소년이었던 방정환에게 상업학교는 적성에 맞지 않아 결국 학교를 중퇴하였다.

1915년 조선총독부 토지조사국에서 서류를 필사하는 일을 하며 독학하였다.

1917년 천도교 3대 교주인 손병희의 셋째 딸 손용화와 결혼하였다.

방정환을 평소 관심 있게 보던 권병덕은 그를 손병희에게 소개했다. 손병희의 사위가 된 방정환은 토지조사국에서 나와 천도교에서 운영하던 보성전문학교 '법과'에 입학하여 공부를 계속하게 되었다. 이후 유광렬, 이중각 등과 경성청년구락부를 조직하였고, 1919년에 《신청년》이라는 잡지를 창간하였다. 경성청년구락부는 민족운동에 뜻을 둔 18, 19세의 소년들로 이루어진 비밀단체였다. 이후로 방정환은 '북극성'이라는 필명으로 활동하면서 자신의 재능과 꿈을 키워나갔다.

1920년 일본에서 도요(東洋)대학 철학과에 특별청강생으로 다니며, 철학과 아동문학, 아동심리학과 문화학 등을 공부했다.

1921년 '천도교소년회'를 만들고 어린이들에 대한 부모의 각성을 촉구하기 위해 전국을 돌며 강연을 했다.

1922년 세계 명작 10편을 번역하여 번안동화집 《사랑의 선물》을 출판하였다.

5월 1일을 어린이날로 제정하였다.

1923년 우리나라 최초의 어린이 잡지 《어린이》를 창간하여 월간으로 발행하였다.

1924년 최초의 아동문화운동단체인 색동회를 조직하였다.

1925년 제3회 어린이날을 기념하는 동화구연대회를 개최하였다.

1928년 세계 20여 개 나라 어린이가 참여하는 '세계아동예술전람회'를 개최하였다.

1931년 신장염과 고혈압으로 쓰러진 후 33세의 젊은 나이로 세상을 떠났다.

1934년 《어린이》잡지가 폐간되었다.

1937년 일제에 의해 어린이날 행사가 금지되고 소년단체도 강제 해산되었다.

1946년 5월 5일로 어린이날이 부활되었다.

1957년 새싹회에서는 '소파상(小波賞)'을 제정하여 해마다 수여하고 있다.

1971년 서울 남산공원에 동상이 세워졌다가 서울어린이대공원 야외음악당으로 이전되었다.

1975년 어린이날이 공휴일로 제정되었다.

1978년 금관문화훈장이 수여되었다.

1980년 건국포장이 수여되었다.

1983년 망우리 묘소에 '소파 방정환 선생의 비'가 건립되었다.

1987년 묘소에 '어른들에게 드리는 글'을 새긴 어록비가 건립되었다.